suhrkamp taschenbuch 3119

Angefangen hat der Streit mit der leidigen Putzfrage. Als sie den hartnäckig vor sich hin putzenden Freund freundlich fragt, ob er auch einen Kaffee will, ist für ihn schon alles zu spät. Und als er am späten Abend in der Spülschüssel ein Fußbad nehmen möchte, kommt es zum Eklat. Da stehen sie sich nun gegenüber, der von Neid geplagte, erfolglose Schriftsteller und die Doktorandin, die sich am Anfang einer vielversprechenden Universitätslaufbahn befindet. Wieder einmal sind sie an einem Punkt der Auseinandersetzung angelangt, wo sie nur noch gewaltsam reagieren können. Wo sich nur noch die Frage stellt: Opfer oder Täter?

»Ich mache Geschäfte, ich habe keine Überzeugungen mehr. Die Richtigkeit meiner Entscheidungen läßt sich am Stand meines Kontos ablesen«, so lautet das Credo des erfolgreichen Geschäftsmanns, als unvermittelt die Frau bei ihm auftaucht, mit der ihn Erinnerungen an eine Zeit verbinden, da die Zukunft noch in alle Richtungen offen zu sein schien.

Eine Lehrerin verliebt sich in ihre Schülerin. Auf einer Reise versucht sie diese »harmlose erotische Verwirrung leichten Herzens hinter sich zu lassen«.

In ihrem Debüt treibt Sabine Neumann ein raffiniertes Spiel mit den Geschlechterrollen, sie erzählt vom Verliebtsein, von der Liebe, die zu Haß wird, von Ausbruchsversuchen und Versöhnungen.

Sabine Neumann, geboren 1961 in Regensburg, lebt zur Zeit in Malmö, Schweden.

Sabine Neumann
Streit
Drei Erzählungen

Suhrkamp

Umschlagfoto: Boris Schmalenberger

suhrkamp taschenbuch 3119
Erste Auflage 2000
Originalausgabe

Satz: Hümmer GmbH, Waldbüttelbrunn
Druck: Nomos Verlagsgesellschaft, Baden-Baden
Printed in Germany
Umschlag nach Entwürfen von
Willy Fleckhaus und Rolf Staudt

1 2 3 4 5 6 – 05 04 03 02 01 00

Inhalt

Streit

Er hatte schon die Regale im Schlafzimmer abgewischt, sich zum x-ten Mal geärgert, daß sie da ihre leeren Kartons aufbewahrte, die weiß Gott keinen Nutzen mehr hatten, hatte sich gefragt, ob sie eigentlich schon mal in diesem Regal staubgewischt hatte (da hätte sie doch selbst drauf kommen müssen), hatte neben ihrem Kopfende vor dem Bett die angeschneuzten, zusammengeklebten Taschentücher aufgehoben und sich in seiner Gelassenheit gefallen. Er hatte alles aus dem Zimmer geräumt und den Boden gesaugt. Überall im Schlafzimmer lagen angelesene, aufgeschlagene Zeitungen und Zeitschriften. Er wollte kein Pedant sein. Aber fragen konnte er sie ja, was sie mit den Zeitungen noch zu tun gedachte, ob sie vorhatte, sie zu archivieren. Er hatte sich eingebildet, der Ton seiner Stimme sei neutral gewesen. Wenig später sah er sie in ihrem Zimmer auf dem Boden kauern, die Zeitschriften aufgeschlagen vor sich. Nicht nur, daß er sowieso fand, sie lese viel zuviel Zeitungen und Zeitschriften und sollte lieber öfter mal ein Buch in die Hand nehmen. Dachte sie wohl, sie hätte ihre Arbeit schon beendet und könne jetzt, während der gemeinsamen Putzzeit, eine Pause machen? Also fragte er sie (nun in gereiztem Ton), ob sie jetzt etwa Zeitung lese (»oder was«, er fügte diese zwei Worte noch an). Sie gab ebenso verärgert zurück, er habe ihr diese Zeitschriften schließlich in die Hand gedrückt, mit der Frage, ob sie sie noch brauche, und nun sei sie dabei, die ein, zwei Artikel auszureißen, die sie aufbewahren wolle. Er erwiderte, er könne jetzt auch sehr gut in sein Zimmer gehen und seine Zeitungen durchblättern, da gäbe es auch noch viel zu ordnen. Sie wäre von selbst nicht darauf gekommen, so sie, aber es sei ihm ja wohl jetzt gerade wichtig gewesen, daß sie bezüglich der Zeitungen eine

Entscheidung treffe. Er habe nur wissen wollen, ob er die Zeitschriften gleich zum Altpapier geben könne, so er, sie hätten auch noch im Schlafzimmer liegenbleiben können, das hätte ihn überhaupt nicht gestört, das Durchblättern der Zeitschriften gehöre jedenfalls nicht zur gemeinsamen Putzzeit. Wahrscheinlich, so dachte er für sich, ohne es laut zu sagen, würde sie wieder nur das Minimum der vereinbarten Putzarbeiten erledigen, und alles, was darüber hinausging, bliebe ihm. Wenn sie zum Beispiel wie heute ausmachten, daß sie die Küche putzte, dann kam sie von sich aus garantiert nicht auf die Idee, die Schränke abzuwischen oder eine Schublade neu zu ordnen. Es schien ihm, als würden solche Arbeiten immer an ihm hängenbleiben, aber er wollte nicht kleinlich wirken, indem er sie darauf auch noch hinwies.

Er hatte Putzen nie als eine erniedrigende Tätigkeit empfunden (so dachte er). Im Gegenteil war es ihm wichtig, regelmäßig putzen zu können. Er hätte es zum Beispiel vehement abgelehnt, eine Putzkraft einzustellen, selbst wenn sie es sich hätten leisten können. In gewisser Weise verstand er das Putzen als eine geistige Übung. Und er hätte sich eine geistige Gelassenheit gewünscht, die ihn befreit hätte von der quälenden Frage, ob das Putzen zwischen ihm und ihr gerecht aufgeteilt sei. Daß sie Putzen haßte, daß sie es als eine zeitraubende und lästige Tätigkeit empfand, warum sollte das seine Freude am Putzen schmälern? Oft hatte er das Gefühl, daß sie die Arbeiten gar nicht wahrnahm oder schätzte, die er gemacht hatte. Konnte es aber nicht sein, daß sie andererseits Dinge machte, die ihm nicht so auffielen, weil sie ihm nicht so wichtig waren? Auch jetzt noch, im aufflammenden Zorn, war er zu einer gewissen Gerechtigkeit imstande.

Sie stand jetzt in der Küche. Er hatte auf ihre Frage, was es noch zu tun gebe, gesagt, sie könne jetzt noch den Küchenboden wischen. Während er das Fensterbrett im Schlafzimmer abwischte, hörte er das Geräusch von klapperndem Geschirr. Sie war diese Woche mit dem Abspülen dran. Sie haßte Abspülen und ließ deshalb das Geschirr immer zu einem Berg anwachsen. Er spülte eigentlich gern ab, aber ungern große Mengen von Geschirr mit angetrockneten Essensresten. Anfangs hatten sie sich im Abspülen abgewechselt. Um sie nicht zu benachteiligen, hatte er sich bemüht, seinen Geschirrberg auch jedesmal zu einer beachtlichen Größe anwachsen zu lassen, bevor er spülte. Das Spülen ging ihm normalerweise schnell von der Hand. Für sie war es ein kompliziertes Ritual, das mindestens eine Stunde dauerte. Sie hatten sich jetzt darauf geeinigt, daß sie sich wöchentlich abwechselten. Jeder konnte dann selbst entscheiden, wieviel Geschirr er vor dem Spülen ansammelte. Sie spülte meistens nur einmal, am Ende ihrer Woche, er hingegen spülte in seiner Woche fast jeden Tag. Es hatte wegen des Spülens eigentlich keinen größeren Streit gegeben, doch manchmal war ihm während eines Streits rausgerutscht, er versuche zwar, sich an ihre Spülgewohnheiten anzupassen, ihr komme es aber nicht in den Sinn, häufiger abzuspülen, obwohl sie wüßte, daß sie ihm damit einen Gefallen tun würde (er mochte es nämlich nicht, wenn sich das Geschirr ungewaschen auf der Spüle stapelte). Nun war sie also in dieser Woche mit dem Spülen dran und ordnete jetzt das Geschirr, um es nach ihrer genau festgelegten Systematik zu spülen. Er fand aber, daß diese Arbeit in der gemeinsamen Putzzeit nichts verloren hatte. Er rief in die Küche, sie spüle jetzt also ab, das sei jedoch ungerecht, da sie so die gemeinsame Putzzeit für Dinge nutzen würde, die sie sowieso machen müßte. Er hingegen würde jetzt nicht nur die Wohnung putzen, sondern in der nächsten Woche auch seinen Abwasch erledigen. Außerdem konnte er den Hinweis darauf nicht lassen, daß er in dieser Woche unverabredet das Bad geputzt hatte, eine Arbeit, die er eigentlich gern gemacht hatte, wobei er sich im Rückblick jedoch ärgerte, daß sie diese Extra-Arbeit, über die er im Grunde kein Wort hatte verlieren wollen, nur mit einer beiläufigen Bemerkung erwähnt hatte. (Er hatte ausprobieren wollen, ob es ihr auffallen würde, daß das Bad geputzt war, und es *war* ihr aufgefallen, immerhin.)

Immer wieder merkte er, daß er zu dem Großmut nicht in der Lage war, den er eigentlich von sich erwartete. Hätte er seinem Ideal von sich entsprochen, dann hätte er im geheimen geputzt, ohne auch nur im geringsten Dank oder Lob dafür zu erwarten. Doch er merkte, daß er im Gegenzug von ihr das gleiche erwartete. Er hatte sie zum Beispiel einmal mit einer gründlich geputzten Wohnung überrascht, als sie von einem Kongreß zurückkam. Dummerweise wurde er den Hintergedanken nicht los, daß es schön wäre, wenn auch sie ihn einmal auf diese Weise überraschen würde. Als er ihr nun vorwarf, daß sie die gemeinsame Putzzeit zum Spülen benutze, gab sie zurück, sie verstehe seine Aufregung nicht, denn sie halte sich nur an die Vereinbarungen. Sie würde den Boden der Küche schon putzen, aber erst nach dem Spülen, denn sie könne nicht spülen, wenn der Boden naß sei, müsse also die Arbeiten in dieser Reihenfolge erledigen. Er ersparte sich die Bemerkung, man könne einen Fußboden auch wischen, ohne daß er danach triefend naß sei. Aber er hielt ihr vor, daß sie nur das tue, was man deutlich vereinbart habe, während es so viele Arbeiten gebe, die noch getan werden müßten, und die nun an ihm hängenblieben, wenn er mit dem Staubsaugen fertig sei (was verabredungsgemäß seine Arbeit war). Er würde also die Wäsche wohl noch abnehmen und falten und dann die feuchte Wäsche (er hatte heute vormittag die Waschmaschine in Gang gesetzt) aufhängen. Dann würde er die Blumen gießen und alles andere tun, was es sonst noch zu tun gab. Ob sie eigentlich schon jemals die Regale im Schlafzimmer gewischt hätte? Er jedenfalls könne sich nicht daran erinnern. Sie sagte, sie fände es nicht fair, daß er jetzt wieder alle möglichen Arbeiten mache, nur um ihr nachher wieder etwas vorwerfen zu können. Es sei in der Kürze der Zeit (sie hatten vor, heute abend noch ein Konzert zu besuchen) einfach nicht möglich, alles so gründlich zu machen, sie habe sich vorgenommen, die Regale im Schlafzimmer morgen abzuwischen und auch alle möglichen anderen Arbeiten morgen zu machen. Er erwiderte darauf, daß sie das ruhig schon vorher hätte sagen können, die Regale im Schlafzimmer seien jedenfalls schon abgewischt und sie brauche das nicht mehr zu machen (abgesehen davon, daß er ihr nicht glaubte, was sie sagte). Und was es sonst noch in den gemeinsamen Räumen zu tun gebe, könne er nicht sehen. Sie scheine übrigens davon auszugehen, daß ihr Zimmer (das größere, in dem sich auch der Fernseher befand) in die Zuständigkeit von beiden falle. Er sehe es aber nicht ein, daß das Putzen ihres Zimmers zur gemeinsamen Putzzeit gerechnet werde, hingegen das Putzen seines Zimmers nicht, nur weil in ihrem Zimmer der Fernseher stehe. Er könne sich noch gut erinnern, wie sie einmal zu ihm kam, als er gegen Ende einer gemeinsamen Putzzeit in seinem Zimmer die Möbel abgewischt hatte, und sagte, sie fände das jetzt übertrieben, sie könnten doch jetzt mit dem Putzen Schluß machen. Sie ertrage es also offensichtlich nicht, so er, wenn er sein Zimmer in der Putzzeit saubermache, während es in ihren Augen selbstverständlich sei, daß er ihr Zimmer (das auch noch mindestens dreimal so groß war wie seines) sauge und auch dort die Blumen gieße.

Sie ging wieder zur Spüle, kam aber gleich darauf zurück und sagte, sie sei einverstanden, in der nächsten Woche die Zimmer zu tauschen. Er hatte sich nämlich beim Einzug das kleine Zimmer als Arbeitszimmer ausbedungen, da es eine Tür hatte und also verschlossen werden konnte, während das große Zimmer keine Tür hatte und aus diesem Grund als Arbeitszimmer schlecht geeignet war. Er stimmte ihr jetzt zu, gut, sie könnten das gerne machen, denn er wußte, daß sie den Vorschlag nur in ihrer Aufgebrachtheit gemacht hatte und ihn nachher wieder vergessen würde. Der Gedanke, daß er in dem großen, zur Wohnung geöffneten Zimmer arbeiten müßte, wäre ihm nämlich ein Greuel gewesen, und er dachte noch schnell, wenn sie auf diesem Vorschlag bestünde, dann würde er sie (natürlich, um sie zu provozieren) auffordern, ihm ihr Arbeitszimmer an der Universität, wo sie die besten Arbeitsbedingungen hatte, zu überlassen. Er könne schließlich nichts dafür, daß sie sich dort so wenig aufhalte. Während sie wieder in der Küche war, wo sie, wie er hörte, Kaffee zubereitete, wischte er die Möbel in seinem Zimmer, die Regale, den Computer ab. Als sie dann kam, um ihn mit ruhiger und freundlicher Stimme zu fragen, ob er einen Kaffee wolle, da war für ihn alles zu spät. Er konnte nur noch zwischen den Zähnen hervorpressen, er trinke jetzt keinen Kaffee (»und sowieso niemals wieder«, diese Bemerkung konnte er sich gerade noch verkneifen), und zum Konzert komme er auch nicht mit. Hätte sie nur eine winzige Bemerkung gemacht, etwas Versöhnliches gesagt. Aber immer mußte sie dagegenhalten. Er konnte es einerseits verstehen. Für sie sah es wahrscheinlich so aus, daß er in der gemeinsamen Putzzeit jedesmal mit Gewalt einen Streit provozieren wollte. Daß sie jetzt auf seine Ankündigung, er würde nicht ins Konzert gehen, nicht reagierte, hingegen kaltblütig mit den Konzertvorbereitungen begann, sich im Bad unter den Achseln wusch (die Kaffeetasse neben sich auf der Waschmaschine), sich Kleider aus dem Schrank hervorsuchte, während er noch mit seinen Putzkleidern durch die Wohnung ging, steigerte seine Wut noch mehr. Es solle ihr ja nicht einfallen, die Karte an jemanden zu verkaufen, so brachte er sich ihr wieder ins Gedächtnis (es schien ja, als hätte sie, ihn ganz vergessen!). Wie er das jetzt meinte? fragte sie, und er hätte in die Luft gehen können über ihren unschuldigen Ton (sie tat tatsächlich so, als hätte sie nicht gehört, daß er nicht in das Konzert mitgehen würde). Sie solle ihm jetzt die Karte geben, damit sie nicht auf den Gedanken käme, sie an jemand anderen zu verkaufen, so er. Insgeheim hatte er schon gedacht, daß er vielleicht mit einem späteren Bus zu dem Konzert fahren könnte. Er verstand aber auch nicht, warum sie nicht auf die Idee kam, ihn zu bitten, doch mitzufahren. Sie ließ ihn in seiner Putzkleidung herumgehen und machte sich fertig und dachte überhaupt nicht daran, daß es für ihn bald zu spät war. Geh doch mit, sagte sie dann im Vorübergehen (er stellte sich ihr jetzt überall in den Weg) zu ihm. Er ließe sich nichts befehlen, so seine Antwort. Es sei kein Befehl gewesen, sondern eine Bitte, so sie. Und er müsse ja nicht neben ihr sitzen, wenn er das nicht ertrage. Wenn es so sei (und er nicht neben ihr sitzen müsse), dann würde er natürlich mitfahren. Er zog sich eilig um und war am Ende sogar schneller als sie, die wahrscheinlich ohne ihn den Bus sowieso verpaßt hätte. Er: Er wisse nicht, ob sie Interesse daran habe, den Bus zu erreichen. Sie: Er könne ruhig schon vorgehen, bräuchte nicht auf sie zu warten. Er schlug also die Wohnungstür hinter sich zu (er wußte in dem Moment genau, daß er ein Scheusal war) und fing an zu rennen. Natürlich blickte er sich nicht um, ob sie ihm folgte. Durch den Widerruf seiner Ankündigung, nicht mitzukommen, hatte er sich schon genug gedemütigt. Als sie in den Bus stiegen, den sie beide außer Atem erreichten (sie hatte ihn schließlich doch eingeholt), setzte er sich auf einen anderen Platz. Ganz hinten. Es ärgerte ihn aber, daß er sie die ganze Zeit im Blick hatte. Er überlegte sich sogar, ob er eine Haltestelle früher aussteigen sollte, um sie noch ein wenig in Unsicherheit darüber zu lassen, ob er wirklich zu dem Konzert mitkam. Er wollte ja nur so lange weitermachen, bis sie zugab, daß er in gewisser Weise recht gehabt hatte, sich über ihr Zeitunglesen und Spülen aufzuregen. Nun drehte sie alles wieder so hin, daß es aussah, als sei er derjenige, der den Streit zwischen ihnen ausgelöst hatte. Er wußte jetzt schon, daß er, wenn sie nicht einlenkte, den ganzen Abend nicht mit ihr würde sprechen können. Doch die Gefahr bestand, daß dieses Nicht-Sprechen sich dann wieder zu einer der dramatischen Situationen auswuchs, die sie in der letzten Zeit schon zu oft erlebt hatten.

Er hatte vor, den nächsten Tag, der ein Sonntag war, für seine Arbeit zu nutzen. Wenn nun der Streit wieder diesen Abend verdarb und sich vielleicht sogar bis morgen hinzog, dann war es wahrscheinlich, daß aus seinem Vorhaben nichts würde. Dieser Gedanke quälte ihn mehr als alles andere. Er hatte mehr als einmal die Vermutung gehegt, einer der Gründe für ihre Auseinandersetzungen könnte sein, daß sie einander von der Arbeit abhalten wollten. Sie gönnten einander ihre Arbeit nicht, waren eifersüchtig darauf. Schon oft waren ihre Auseinandersetzungen gerade auf solche Tage gefallen, an denen einer von ihnen sich eine schwierige Arbeit vorgenommen hatte. Es kam ihnen nicht selten so vor, daß der andere gleichgültig auf die Auseinandersetzung reagierte und seine Fähigkeit, konzentriert zu arbeiten, nie einbüßte, ein jeder behauptete aber von sich selbst, auf ihn treffe das nicht zu; jeder Streit verderbe die eigene Arbeit und mache sie ganz unmöglich. Er stellte sich vor, wie es wäre, eine eigene Wohnung zu haben, nicht gezwungen zu sein, in diese gemeinsamen vier Wände zurückzukehren, die nun schon von den vielen Auseinandersetzungen getränkt schienen. Sie hatten sogar (wenn sie sich wieder versöhnt hatten) diese Wohnung dafür verantwortlich gemacht, daß sie sich mit einer erschreckenden Regelmäßigkeit in die Haare gerieten. Es war ja eine Wohnung, in die sie nur vorläufig, vorübergehend eingezogen waren, weil der eigentliche Besitzer einige Zeit im Ausland war. Sie hatten also den großen Teil seiner Möbel übernommen und auch an der Gestaltung der Wände nichts geändert, außer daß sie einige Bilder abgenommen und in den Ecken verstaut hatten. Sie vermuteten in ruhigen Stunden, wenn sie etwa einträchtig im Bett lagen, einer von ihnen den Kopf auf dem Bauch des anderen, daß es die Blümchentapete im Schlafzimmer war, die ihnen das Gefühl gab, eingesperrt zu sein. Daß die Wohnung eine gewisse Makellosigkeit (sie nannten es »Kleinbürgerlichkeit«) ausstrahlte, die sie schlecht gelaunt machte, weil sie ihnen manchmal suggerierte, daß sie dabei waren, so zu werden, wie die Wohnung war. Diese befand sich überdies in einem ziemlich langweiligen Vorort von H . . . , in dem man auch von den Nachbarn kaum etwas mitbekam. Wenn er ausnahmsweise im Treppenhaus einem von den Nachbarn begegnete, zog er inzwischen ohnehin den Kopf ein und drückte sich mit einem gemurmelten Gruß vorbei, da ihm der Gedanke peinlich war, daß diese höchstwahrscheinlich Zeugen ihrer lautstarken Auseinandersetzungen geworden waren, sich darüber vielleicht schon untereinander austauschten, jedenfalls abschätzig über diese beiden neuen Mieter dachten. Daß die Nachbarn nichts gehört hätten, war undenkbar. Einmal hatte sie sogar, als er sich wieder in seinem Zimmer eingesperrt hatte (man konnte jede Tür verriegeln, eine Tatsache, die sie in friedlichen Stunden auch höchst merkwürdig fanden, von der er aber gern Gebrauch machte, wenn er wütend war), diese Tür mit ihrem eigenen Körpergewicht aufgebrochen, so daß der Rahmen beim Schloß gesplittert war. Er bewunderte sie so für diese entschlossene Wut, dieses leidenschaftliche Aufgebrachtsein, daß er den Grund des Streits gleich vergessen hatte. Damals hatten sie dann wieder ein gemeinsames Interesse; es war der gesplitterte Türrahmen, den er in der darauffolgenden Woche mit Hilfe von Kleber, Holzkitt, Schleifpapier und Lack so wiederherstellte, daß man tatsächlich nicht mehr erkennen konnte, daß hier eine Gewalteinwirkung stattgefunden hatte.

War es ein großer Fehler gewesen, gemeinsam in diese Wohnung einzuziehen? Aber war denn ihre Zeit in zwei verschiedenen Wohnungen besser gewesen? Er gab immerhin der Tatsache eindeutig den Vorzug, daß sie sich in der neuen Wohnung in verschiedenen Zimmern aufhalten und verschiedenen Tätigkeiten nachgehen konnten, ohne einander zu vermissen. Daß Nähe eine Nivellierung der Leidenschaft bewirkt, war eine Binsenweisheit, mit der er sich nur allzugern abfand. Er war jetzt nicht mehr in dem Alter (so redete er sich ein), in dem es extremer Gefühlszustände bedurfte, um sich lebendig zu fühlen. Das lästige Organisieren des Alltags mit zwei Wohnungen (die Frage des Einkaufs, das Verderben der Lebensmittel, die leidige Entscheidung, wer nun zu wem kommen würde und wann und ob man sich jeden Tag sehen sollte oder ob man vielleicht mal eine Pause machen sollte) fiel weg, wenn man einen gemeinsamen Haushalt führte. Das bedeutete, daß wichtige Energie für seine Arbeit frei wurde, die ihm nun wichtiger war als jemals zuvor, ja, sogar wichtiger als diese Beziehung oder Liebe oder wie man es nennen sollte. Wenn er aber das Gefühl bekam, daß diese durch das gemeinsame Wohnen freigesetzte Energie nun wieder durch zeitraubende und kräftezehrende Auseinandersetzungen verlorenging, dann sah er als unvermeidliche Lösung nur noch ein völliges Alleinsein, ein zölibatäres Leben, das zwar sicher einige Nachteile hätte, die ihm jetzt gar nicht mehr zu Bewußtsein kommen wollten, das aber jedenfalls ihm die Freiheit geben würde, seine Zeit ohne Rücksicht auf andere zu nutzen. Er malte sich aus, daß er im Fall der Trennung keiner Schwäche mehr nachgeben wollte, die ihn einer neuen Frau in die Arme treiben würde. Er hatte es nun oft genug probiert, um einzusehen, daß Liebesbeziehungen ihn schwächer machten, statt ihn zu stärken, wie doch eine triviale Vorstellung es den meisten vorgaukelte. Er stellte sich vor, wie er in seiner kleinen und einfachen Wohnung sitzen würde, einen Schal um den Hals geschlungen, an den Händen fingerlose Handschuhe (es gefiel ihm, sich einen Zustand der Armut und konzentrierten Askese auszumalen), wie er in die Nächte hinein schriebe, am Morgen nach ein paar Stunden Schlaf aufstünde, um sich dann mit einer Tasse Kaffee und einem belegten Brot gleich wieder an den Schreibtisch zu setzen. Das gemeinsame Frühstück zog sich länger hin, als ihm lieb war. Sie schien unendlich viel Zeit zu haben, nichts schien sie an ihren Arbeitsplatz zu drängen! Wenigstens hatte sie ein größeres Schlafbedürfnis als er, so daß er manchmal morgens leise aufstehen konnte, während sie noch schlief (jetzt hielt sie ihn nicht mehr im Bett zurück wie früher oft), sich im Halbdunkel der Küche einen Kaffee bereitete und sich schließlich an den Schreibtisch setzte und seinen Computer einschaltete. Der blau aufleuchtende Bildschirm gab ihm das Gefühl, an einem religiösen Ritual teilzunehmen. Immerhin, auch sie hatte angefangen, die Vormittage zu schätzen, die er bei verschlossener Tür in seinem Zimmer verbrachte, während sie Zeitung las oder sich mit langsamen Bewegungen für den Tag vorbereitete. Tatsächlich hatte sie (in seinen Augen) ungleich mehr Zeit als er, denn er mußte schon am frühen Nachmittag im Büro sein, die Wünsche von Kunden erfüllen,

Telefongespräche führen, sich mit unsinnigen Anliegen seiner Kollegen und seines Chefs beschäftigen, während sie in ihrem Arbeitszimmer an der Universität alle Zeit der Welt hatte, um sich ihrer Forschungsarbeit zu widmen. Insgeheim hatte er ihre Forschung schon manchmal abgetan als bequemen, überreichlich alimentierten Zeitvertreib. Er wußte genau, wie gefährlich diese Gedanken für ihr Zusammenleben waren. Gefährlich war es vor allem, wenn er im Eifer eines Streits diese nicht mehr zurückhalten konnte, sondern sie herausschleuderte, was sie dann tatsächlich zu der berechtigten Bemerkung veranlaßte, ob er überhaupt noch einen Grund habe, mit ihr zusammenzusein. Aber war es nicht verständlich, daß er es manchmal als Ungerechtigkeit empfand, wie fröhlich und unbeschwert sie mit ihrer Zeit umging, während er doch von einem Ort zum anderen hetzte und überall das Gefühl hatte, nicht genug Zeit zu haben. Es war überdies in seinen Augen auch ungerecht, daß sie mit ihrer Arbeit (die er manchmal zögerte, so zu nennen) am Ende wahrscheinlich viel mehr Anerkennung einheimsen würde als er für seine Strampelei und pausenlose Mühe. Die Arbeit, die er im Büro erledigte, konnte jeder halbwegs willige Mensch innerhalb einer Woche erlernen, sein Ausbleiben würde der Firma keinerlei Probleme bereiten, er war vollkommen auswechselbar. Was er in den Stunden zu Hause fertigbrachte, sollte seinem Leben die eigentliche Berechtigung verleihen, doch damit sah es kümmerlich aus. Nicht nur, daß er wegen Zeitmangels wenig zustande brachte. Selbst das, was unter Aufbieten all seiner Kräfte auf dem Papier zu stehen kam, war ohne wirklichen Saft, ohne Fleisch oder ohne Knochen, jedenfalls matt und mager. Er wußte es selbst nur zu gut. Immer wieder verwarf er, was er geschrieben hatte, weigerte sich auch oft, ihr abends vorzulesen (manchmal fürchtete er sogar, daß das Vorlesen die Kraft aus seinem Geschriebenen ziehen könnte, eine unsinnige Furcht, zugegebenermaßen), obwohl sie ihn häufig und mit ehrlichem Interesse darum bat. Angeblich litt sie nicht darunter, daß ihre Beschäftigung der seinen überlegen war (wenn er am Anfang befürchtet hatte, daß ihr seine Arbeit im Büro zu unbedeutend und verächtlich vorkam, hatte sie es schnell verstanden, diese Befürchtungen zu zerstreuen), und es war auch seinen Beobachtungen zufolge meistens so, daß jemand, der eine privilegierte Tätigkeit ausübt, sich mit seiner Gleichmütigkeit gegenüber allerlei Annehmlichkeiten dieser Position leichttut. Er dachte immer öfter, daß er, wenn er allein in seiner Armut und seiner leidenschaftlichen Hingabe an seine »eigentliche Arbeit« (wie er das Schreiben immer nannte) wäre, dann erst könnte er sich zu dem Können aufschwingen, das doch in ihm steckte, das ihn so unruhig und rastlos machte und ihm jede Fähigkeit zum stillen Genuß vereitelte.

Als sie schließlich aus dem Bus aussteigen mußten, trödelte er langsam hinter ihr her, so daß sie ihm schon ein paar Meter voraus war, als er die Straße an einer so unübersichtlichen Stelle überquerte, daß sie eine Weile suchend umherblicken mußte, bis sie seine Spur wieder aufgenommen hatte. Natürlich achtete er darauf, daß sie ihn nicht wirklich aus den Augen verlieren konnte. Schließlich hielt er kurz an (er war jetzt vor ihr) und wartete auf sie, um ihr (ohne sie anzusehen) zu sagen, er habe keine Lust, den heutigen Abend und auch den morgigen Tag mit einem Streit zuzubringen, er würde es vorziehen, lieber nicht zu sprechen. Mit ihrer ruhigen Stimme sagte sie, sie habe auch kein Interesse an einem Streit (und er merkte, daß sie diesen Streit schon längst begraben hatte). Gerade die Tatsache, daß sie es anscheinend nicht mehr für nötig hielt, sich mit dem Geschehenen auseinanderzusetzen, daß sie jetzt erwartete, man könnte lächelnd und unbeeinträchtigt weitermachen, erschien ihm als ein Zeichen dafür, daß sie ihn provozieren wollte. Warum ließ sie es zu, daß er in seinem Verhalten gefangen blieb, warum machte sie nicht den geringsten Versuch, ihn daraus zu befreien? Genoß sie ihre Überlegenheit? Er mochte sich schon unzählige Male früher diese Frage gestellt haben, und es schien, als gäbe es einfach keinen Weg aus der nun schon unzählige Male durchlebten Zuspitzung des Streits, auch heute nicht, da er nicht das Zugeständnis bekam, auf das er wartete. In solchen Momenten war es ihm unerträglich, auch nur auf gleicher Höhe des Gehweges mit ihr zu gehen, und er beschleunigte seinen Schritt, bis er etwa einen Meter Vorsprung hatte. Er hoffte nur, daß er sich auf dem Weg zur Kirche nun nicht verlaufen würde, denn das würde das alte Vorurteil bestätigen, daß er einen schlechten Ortssinn hatte. Er hatte ihr schon Stadtpläne vor die Füße geschleudert, weil sie seinen Richtungsangaben nie Glauben schenkte, nur weil er offen zugab, daß er sich manchmal nicht auskannte, während sie die Gelegenheiten, bei denen sie in die Irre gegangen war, leichthin überspielte, als handle es sich dabei um unwesentliche Ausnahmen. Sie zeigte einen derart ausgeprägten Widerwillen, sich seinen Vorschlägen bei den gemeinsamen Wanderungen und Spaziergängen anzuschließen, daß er schon mehrmals mitten im Wald einen anderen Weg eingeschlagen hatte als sie und dabei einmal sogar erreicht hatte, daß sie einander verloren. Erst nach langer Suche, Rufen und Selbstvorwürfen sah er ihre Gestalt am Ende eines Weges auftauchen, und sie waren sich in die Arme gefallen und einträchtig und lachend weitergegangen. So war es immer. Sie waren ja zur Versöhnung bisher immer bereit gewesen, und er ahnte, daß sie auch diesmal dorthin gelangen würden, wenngleich es so aussah, als müsse bis dahin noch ein weiter und harter Weg zurückgelegt werden. Jede Versöhnung mußten sie anscheinend dadurch erkämpfen, daß sie an den Rand der Unversöhnlichkeit gelangten, einander eingestanden, daß das Leben zu zweit unmöglich und unerträglich sei und daß sie nun getrennte Wohnungen suchen müßten. Erst an diesem Punkt lenkte einer von ihnen ein. Genauergesagt war er es, der diese Zuspitzung brauchte und nicht in der Lage war, auch nur eine Idee früher umzukehren.

Er ging nun in den Kirchenraum (er hatte sich nicht verlaufen), der bereits zu zwei Dritteln gefüllt war, und während sie zurückblieb, mit den Worten (die er nicht verstanden, jedoch erraten hatte), sie kaufe jetzt ein Programm, suchte er einen Platz. Es wäre zu eindeutig gewesen, sich in eine Bank zu setzen, in der nur noch für eine Person Platz war. Also setzte er sich, etwa in der Mitte des Kirchenschiffs, so auf eine Bank, daß rechts neben ihm, zur Wand hin, noch ein Platz frei blieb. Er machte jedoch keinerlei Anstalten, sie darauf aufmerksam zu machen, wo er sich befand, sie sollte ihn selbst suchen, womöglich ein wenig beunruhigt wegen der großen Zahl der Besucher, die es schwermachte, einen Menschen zu finden, der sich nicht auf irgendeine Weise bemerkbar machte. Als er sah, wie sie suchend den Gang abschritt, tat er, als sehe er sie nicht. Plötzlich aber war sie verschwunden. Er nahm an, daß sie sich woanders hingesetzt hatte, war sogleich außer sich über diese demonstrative Gleichgültigkeit und zog in Erwägung, die Kirche zu verlassen, so daß sie später das Nachsehen hatte. So gern er es sich abverlangt hätte, es gelang ihm nicht, ruhig sitzen zu bleiben, er mußte seinen Kopf zwanghaft hin- und herdrehen, um zu sehen, wohin sie sich gesetzt hatte. Schließlich stand er sogar auf und drehte sich suchend um die eigene Achse. Da saß sie, ein paar Reihen hinter ihm, auf einer leeren Bank ganz nahe beim Mittelgang, die Jacke hatte sie noch nicht ausgezogen. Sie sah gewollt unbeteiligt (so fand er) durch den

Kirchenraum, natürlich in die andere Richtung. Er blieb stehen und blickte so lange und fordernd zu ihr hin, bis sie nicht umhin konnte, ihn zur Kenntnis zu nehmen. Als sie ihm endlich in die Augen schaute (sie tat so, als habe sie ihn jetzt erst entdeckt, sie lächelte sogar, als wäre sie erfreut darüber), hielt er den Daumen nach oben, wie man es tut, wenn man die Leistung eines anderen anerkennen will, und machte dazu auch den passenden Gesichtsausdruck (er zog die Mundwinkel etwas nach unten und nickte), legte aber in seinen Blick die nötige Kühle und Verächtlichkeit, um ihr zu bedeuten, daß er sie durchschaue. Es stimmt nicht, daß er das Widerwärtige seines Verhaltens nicht selbst gesehen hätte. So wußte er haargenau, daß er nun ihr vorwarf, was er doch eigentlich provoziert hatte, und daß er es ihr wirklich nicht sehr leicht gemacht hatte, sich neben ihn zu setzen. Sie stand sofort auf und kam zu seiner Bankreihe, bat die anderen Sitzenden, sie vorüberzulassen, und setzte sich schließlich neben ihn. Sie habe ihn nicht gefunden, sagte sie, und er, der wußte, daß dies stimmte (ihr Blick war doch wirklich suchend und unruhig gewesen), der im Grunde erleichtert war, sie nun neben sich zu haben, tat, als ob er ihr nicht glaubte, und blickte nach vorn. Als sie sich an den anderen Sitzenden vorbeigedrängt hatte, war ihm übrigens aufgefallen, daß in der Reihe vor ihnen ein Bekannter saß, den sie beide flüchtig von einigen Partys kannten, ein Deutscher, mit dem sie aufgrund seiner Herkunft Bekanntschaft gemacht hatten (man lernte sich hier kennen, nur weil man dieselbe Muttersprache hatte). In dem Moment fragte sie ihn, ob er denn gesehen hätte, daß Jürgen da saß, und er sagte, ja natürlich habe er das, und sie könne ihn ja freundlich grüßen (in das Wort »freundlich« legte er die größtmögliche Giftigkeit), wenn sie wolle. Dabei saß er näher an Jürgen als sie und hätte diesem leicht auf die Schulter tippen können, doch gleich stieg in ihm die Eifersucht hoch angesichts der Vorstellung, sie könnte sich dann mit einem anderen Mann lächelnd und freundlich unterhalten, während er unweigerlich steif und unfähig neben ihr saß.

Gerade dieser Jürgen rief in ihm sowieso unangenehme Gefühle hervor, weil sie diesen Sommer, auf einer Gartenfeier, auf der sie mit ihm kein Wort sprach (oder war es umgekehrt), sich scheinbar angeregt (jedenfalls amüsiert) mit Jürgen unterhalten hatte, und es war ihm mehr als einmal so vorgekommen, als lachten die beiden über ihn. Er hatte damals absichtlich viel getanzt und war von mehreren Frauen aufgefordert worden, von denen eine sich sogar unmißverständlich an ihn geschmiegt hatte, als die meisten Gäste schon gegangen waren und die Tanzfläche im Garten sich im Dunkeln befand, aber sie dachte nicht einmal daran, nach ihm Ausschau zu halten, und stand, wenn er wieder einmal wie unabsichtlich durch das Haus ging (um sich ein Bier oder ein Glas Wein zu holen oder zur Toilette zu gehen), immer noch mit Jürgen im Halbdunkel und unterhielt sich mit ihm über ihre Dissertation. Er hatte den Eindruck, daß sie mit flüchtig Bekannten immer gleich auf ihre Forschungsarbeit zu sprechen kam, weil sie sich gern ein wenig damit brüstete. Er fand das ziemlich durchschaubar und lächerlich. Er kannte jedenfalls Dutzende von Leuten, die promoviert waren, ohne dadurch zu besseren Menschen geworden zu sein. Er hatte auch bisher nie gedacht, daß diese Menschen etwas hatten, was ihm abging oder was er gerne gehabt hätte. Übrigens mied er Gespräche auf Partys (und tanzte deshalb so ausgiebig), weil er sich schämte, von seiner minderwertigen und unterbezahlten Arbeit zu reden (sein Schreiben zu erwähnen, wagte er ja doch nicht), und des öfteren meinte er zu bemerken, daß seine Gesprächspartner sich desinteressiert von ihm abwandten, wenn er ihre Frage nach seiner Arbeit beantwortet hatte. Einmal hatte eine Freundin von ihr, die er damals zum ersten Mal sah, ihn gefragt, was er denn mache, und sie hatte an seiner Stelle (da er nach solchen Fragen immer eine gezierte Pause einzulegen pflegte) geantwortet, er sei »Schriftsteller«, sie hatte das aber mit einem Lächeln getan, das ihm überheblich erschien, so daß er den ganzen Abend über beleidigt geschwiegen hatte und sie sich in der Nacht bei ihm entschuldigte, das sei wirklich dumm von ihr gewesen, und sie wisse auch nicht, was da in sie gefahren sei, da sie doch seine Arbeit schätze und ihn wirklich für einen Schrifsteller halte. Seit diesem Abend war er trotz all ihrer gegenteiligen Beteuerungen sicher, daß sie seine Tätigkeit nicht ernst nahm, und sie hatte ja auch recht, denn er war so lange kein Schriftsteller, solange er nichts veröffentlicht hatte, und daß sie ihn so nannte, kam ihm eher wie die Beschwichtigung eines Kindes vor. Er blieb mißtrauisch und erwähnte sein Schreiben nur selten. Jürgen jedenfalls wußte nichts davon und hielt ihn wahrscheinlich für einen Versager, der unbegreiflicherweise mit einer intelligenten und erfolgreichen Frau zusammenlebte, während er, Jürgen, der (übrigens im gleichen Alter) gerade zielbewußt auf eine Karriere im öffentlichen Dienst zustrebte, noch allein war. Doch gerade um dieses Alleinsein beneidete er Jürgen im Augenblick brennend. Jürgen würde das Konzert genießen und anschließend nach Hause gehen, um in Ruhe zu lesen oder zu schlafen, während ihm noch viele ruhelose und qualvolle Stunden bevorstanden, das wußte er genau.

Als die Musik begann (er hatte Jürgen nicht auf die Schulter getippt, fürchtete jedoch eine Weile, jener sei Zeuge des erhitzten Wortwechsels geworden, den er mit einem Schimpfwort beendet hatte, das nun im Raum stand wie eine Fanfare), rückte er ein wenig von ihr ab und blickte zwischen den Köpfen nach vorn. Von der Musik bekam er wenig mit, aber aus den Augenwinkeln bemerkte er sehr wohl, daß sie die Augen geschlossen hatte, wie sie das bei Konzerten immer tat. Zu Beginn ihrer Beziehung war er deshalb schon immer auf Konzerten maßlos eifersüchtig geworden und hatte ihre Hand genommen, um sich ihr in Erinnerung zu rufen, oder hatte selbst die Augen geschlossen, um nicht so sehr unter ihrer Abwesenheit zu leiden (wobei er immer hoffte, daß sie die Augen vor ihm wieder öffnete und ihn derart unnahbar vorfinden würde). Die Musik war schön. Doch er wehrte sich geradezu gegen die Harmonie der Töne, die seinen Groll hätte vertreiben können. Es wurde ausschließlich geistliche Musik vorgetragen. In einer anderen Situation hätte er sich ihr durch solche Musik besonders verbunden gefühlt (ihre Empfindungen konnten sich oft im religiösen Bereich treffen), doch nun brachten diese Gesänge ihm ihre Entfremdung nur um so schmerzlicher zu Bewußtsein. Er wußte, daß er dem Abend eine andere Wendung geben konnte, indem er zum Beispiel nach ihrer Hand griff. Er beneidete die Sänger, die im Altarraum standen und jung und klar aussahen. Um so etwas Schönes zustande zu bringen, mußte man wohl eine innere Klarheit haben, die er nicht besaß. Er war sicher, daß es an der Art und Weise lag, wie er seinen Wunsch nach Alleinsein vorbrachte, daß es über dieses Thema immer wieder Entzweiungen und Verstimmungen gab. Es war immer etwas Zweifelndes oder Unentschlossenes in seiner Stimme. Warum schaffte er es nicht, die Wochenenden für seine Arbeit zu nutzen? Er war sicher, daß die Chormitglieder auch an Wochenenden zur Probe gingen. Mußten also nicht ihre Partner dies akzeptieren können? Oder lebten die Sänger alle allein oder miteinander? Was ihn und sie betraf, so hatten sie bezüglich der Wochenenden unterschiedliche Vorstellungen. Er sagte meistens, er wolle am Wochenende arbeiten, und sie nickte dazu, doch ihren Plänen für das Museum, für einen langen Spaziergang und einen Besuch bei der (ihrer) Familie mochte er doch nichts entgegensetzen, da er fürchtete, sie zu enttäuschen. Wenn sie dann an diesen Sonntagen lange im Bett blieben, lange frühstückten, sich umständlich fertig machten, ein Museum besuchten oder einen Spaziergang machten, zurückkamen, kochten, abspülten, dann war es in der Zwischenzeit schon Abend geworden, und manchmal gab er dann sogar noch ihrem Wunsch nach, ins Kino oder Konzert zu gehen, so daß er dann in der Nacht wieder einmal nicht schlafen konnte, weil er sich die ganze verschwendete und verschenkte Zeit vorhielt. Ihr gegenüber konnte er das natürlich nicht mehr erwähnen (er hatte es früher manchmal getan), denn sie hätte ihn wieder gefragt, ob er denn die Zeit, die er mit ihr verbringe, für verschwendet hielt. Er hatte ihr in solchen Situationen vorwurfsvoll erwidert, daß sie ihn nicht verstehen könne, da sie während der Woche unendlich viel Zeit für ihre Forschungsarbeit (die ihr doch, so nahm er an, auch am Herzen liegen mußte) zur Verfügung hatte, während er in der Nacht von Sonntag auf Montag an nichts anderes denken konnte als an den Schraubstock, in den er in dieser Woche wieder eingezwängt würde. Wenn er auch jeden Montag vorhatte, früh aufzustehen, um wenigstens die Morgenstunden zu nutzen, so kam er oft nicht aus dem Bett, weil er in der Nacht so lange wach gelegen hatte, und auf diese Weise verlor er also erneut wertvolle Zeit, so daß er, wenn er schließlich zur Arbeit hetzte (er war fast immer gehetzt), den Tränen nahe war und nicht selten mit dem Gedanken spielte, einfach nicht ins Büro zu gehen. Doch das hatte er noch nie fertiggebracht.

Als er die jungen Menschen vorn im Altarraum singen hörte, da dachte er, es müßte ihm doch möglich sein, seine Arbeit mit derselben Selbstverständlichkeit zu erledigen wie andere Menschen. Aber sein Schreiben war in der letzten Zeit so oft mit schlechter Laune und Verärgerung verbunden gewesen, daß ihm der Satz, er »wolle schreiben«, kaum mehr über die Lippen kam. Wenn er vom Büro nach Hause kam und sie zu Hause traf (sie war meistens noch da, wenn er das Haus verließ, und kam schon vor ihm wieder zurück, so daß es ihm manchmal so schien, als verlasse sie das Haus nie) und sie beiläufig erzählte, daß sie während des Tages dies und das geschrieben habe, da stieg in ihm eine kalte und bittere Wut hoch, und er fand, daß in ihren Worten Schadenfreude lag. Natürlich, er hatte auch sie weinen gesehen, wenn sie sagte, daß sie sich der Forschungsarbeit nicht gewachsen fühle, daß sie immer das Gefühl habe, zu wenig zu schaffen, daß sie von allen möglichen dummen universitären Verpflichtungen so in Beschlag genommen würde, daß ihr zu wenig Zeit für ihre eigentliche Arbeit bliebe. Aber was war das schon im Vergleich zu ihm, der sich jede Minute förmlich vom Mund absparen mußte. Als er einmal vor ihr nach Hause kam, sah er, daß sie auf dem Küchentisch die Zeitung aufgeschlagen liegengelassen hatte, auf einer Seite, wo ein Interview mit einem Schriftsteller abgedruckt war, der kürzlich einen hohen Preis bekommen hatte (und der zuvor völlig unbekannt gewesen war, was ihm immerhin Hoffnung machte, wie sie wußte). In diesem Interview rühmte der Schriftsteller den Wert des Nichtstuns. Er war sicher, daß sie den Artikel dort liegengelassen hatte, damit er ihn las. Sie war der Ansicht, daß er zu viel von sich verlangte, daß er zu streng mit sich war und daß (darin hätte er ihr sogar recht gegeben) unter einer solchen inneren Anspannung und einem solchen Gehetztsein wahrscheinlich auch keine künstlerische Arbeit von Wert entstehen könne. *»Die Seele braucht Raum«* oder so ähnlich lautete der Titel dieses Interviews, und er las nur ein paar Zeilen davon, weil er die Gelassenheit des Siegers (egal, in welchem Bereich) nicht mehr ertrug. Er wußte, daß dieser Schriftsteller auch einer (sogar anspruchsvollen) Brotarbeit nachgegangen war, bis er diesen Roman veröffentlicht und dafür den Preis bekommen hatte. Wie konnte er dann allen Ernstes über Nichtstun reden? Wahrscheinlich (es konnte nicht anders sein) lebte er allein, oder er hatte eine Frau, die ihn in jeder Hinsicht unterstützte. Es gab fast keine andere Möglichkeit. Oder es gab etwas, was *er* nicht verstand, wofür *ihm* die Begabung fehlte, ein Geheimnis, der Schlüssel zu allem, wonach er sich sehnte und was er niemals erreichen würde. Manchmal, wenn sie ihre guten Stunden hatten, dann konnte er ihr lachend davon erzählen, daß seine Vorstellung von einem idealen Leben der Aufenthalt in einem Irrenhaus sei. Wo er mit unberechenbaren Leuten zu tun hätte, wo er sich nicht um sein Essen und das Dach über seinem Kopf kümmern müßte, wo ein verständnisvoller Psychiater ihn dazu anhalten würde zu schreiben und wo er die ganze Zeit nichts sonst zu tun hätte. Sie erwiderte dann lachend, auch sie könne sich das vorstellen, wenn sie auch glaube, daß es heutzutage in einem Irrenhaus wegen der vielen Medikamente nicht mehr ganz so interessant sei. Außerdem laufe man Gefahr, daß man doch zu normal erscheine, so daß man immer Angst haben müßte, wieder auf freien Fuß gesetzt zu werden. Er malte ihr dann aus, daß er sich jedem Freilassungsversuch schreiend und tretend widersetzen würde, so daß seine Verrücktheit außer Frage stünde (und man ihn außerdem für ein paar Tage in eine Gummizelle stecke, so ergänzte sie). Mit solchen Gedanken konnten sie spielen, und darin zeigte sich ihm immer wieder, daß es nicht ganz schlecht um sie stand. Daß er im gleichen Moment denken konnte, sie müsse manchmal der Meinung sein, er sei tatsächlich besser in einem Irrenhaus aufgehoben, tat seiner guten Laune dann nicht wirklich Abbruch.

Sie hatte das Konzertprogramm so auf die Bank gestellt, daß er es gut lesen konnte, wenn er wollte. Sein Stolz ließ es nicht zu, daß er offen in *ihrem* Konzertprogramm las, und so schielte er nur aus den Augenwinkeln hinein, konnte auch nicht in dem Text blättern, wie er es gerne getan hätte. Erst jetzt begriff er, daß drei Vokalensembles singen würden. Er war mit ihr in das Konzert gegangen, das sie ausgewählt hatte, ohne sich vorher nach dem Programm zu erkundigen. Die Initiative für Konzertbesuche ging immer von ihr aus. Von sich aus wäre er nie in ein Konzert gegangen, denn er konnte sich selten auf die Musik konzentrieren und war meistens in Gedanken mit etwas anderem beschäftigt. Deshalb fand er es lohnender, sich ab und zu eine CD zu kaufen und sie dann zu Hause öfter anzuhören. Dabei mußte er auch nicht still sitzen bleiben, was er noch nie besonders gut gekonnt hatte.

Als einer der Musiker eine fünfminütige Pause ankündigte, tippte er Jürgen auf die Schulter. Jürgen drehte sich um und grüßte mit rotem Kopf. Er hat uns also schon bemerkt, dachte er und fragte sich, wie laut er das Schimpfwort vor dem Konzert gezischt hatte und ob es bis zu Jürgens Ohren vorgedrungen sein konnte. Als Jürgen nun detaillierte Bemerkungen zu dem Konzert machte, konnte er nur mit den Schultern zucken, und er hoffte, daß sie, die neben ihm saß und nichts sagte, nicht mitbekam, wie unbeholfen er sich nun wieder anstellte. Tatsächlich war das Konzert bisher an ihm vorbeigerauscht, er hatte zwar einige unwichtige Einzelheiten wahrgenommen: in welchem Winkel der Oberkörper eines jungen Mannes mit schwarzem Pferdeschwanz zu dem seines Nachbarn stand, welche Bewegungen dieser mit seinem Kopf machte, wie andere Zuschauer (offensichtlich Pärchen) einander von Zeit zu Zeit ansahen, sich an den Händen hielten, sich aneinanderlehnten, er hatte sich gefragt, ob die Kerzen in den großen schmiedeeisernen Leuchtern echt waren, aber zur Musik fiel ihm absolut nichts ein. Jürgen fragte ihn, ob er auch fand, daß die erste Gruppe die Texte deutlicher artikuliert habe als die zweite, aber er verneinte (er hatte bei beiden kein Wort verstanden). Jürgen sagte auch, daß bei der Männergruppe ein Kontratenor singe (ein Begriff, mit dem er überhaupt nichts anfangen konnte), und auf seinen fragenden Blick hin erklärte er, das sei derjenige gewesen, der die Stimme angegeben habe. Ihm war überhaupt nicht aufgefallen, daß jemand bei den Liedern die Stimme angegeben hatte. Er hätte sich gewünscht, daß sie jetzt sich einmischte und ihn der Last des Gesprächs enthob, aber sie blieb still und zurückgelehnt neben ihm in der Bank sitzen, und er wußte nicht einmal, ob Jürgen sie gesehen hatte. Falls er sie aber gesehen hatte, mußte ihm ihr Verhalten extrem unhöflich vorkommen. Andererseits gefiel es ihm auch, daß sie Jürgen gegenüber jetzt nicht so tat, als wäre alles in Ordnung. Wenn sie das gemacht hätte, hätte es ihn mit großem Widerwillen erfüllt. Natürlich, er tat ja nichts anderes. Es wäre aber auch zu auffällig gewesen, Jürgen nicht wenigstens zu begrüßen, oder etwa nicht. Der hatte jedenfalls seinen Kopf schon wieder nach vorne gedreht und blätterte in seinem Programm, weil ihm wohl das Gespräch mit ihm zu unfruchtbar vorgekommen war. Er schämte sich jetzt darüber, wie matt er zwischen den Stücken und vor der Pause geklatscht hatte (um sie seinen Unmut weiterhin spüren zu lassen). Er tat den Musikern unrecht, die hier doch auch für ihn sangen, wenn er sich nicht bei ihnen bedankte. Er war wirklich ein beschämendes Exemplar eines Menschen, das wußte er. Er war sich sicher, daß in dieser Kirche kein zweiter Mensch so ekelhaft war wie er. Aber er spürte auch Wut auf die zahlreichen Hinterköpfe, auf die Menschen, die so aufrecht und unschuldig vor ihm saßen, auf die ordentlich ausrasierten Nacken und die sorgfältig geschnittenen Haare, auf die gutsitzenden Jacketts und Krawatten, und er meinte, man könne ja nicht wissen, welche Art von Unglück sich hinter diesen Fassaden verbarg. Wie sehr bei ihm die Dinge im argen lagen, konnte man auf den ersten Blick sicher auch nicht erkennen.

Als am Ende des Konzerts an die Musiker große gelbe Sonnenblumen und rote Gladiolen (für die Frauen) oder blaue Iris (für die Männer) verteilt wurden, was ein schönes Farbbild abgab, da war ihm klar, wie häßlich und farblos die Welt wäre, wenn es nur solche Menschen wie ihn gäbe. Als der Applaus verklungen war, zog er sich schnell an und mischte sich in die Menge, die zum Ausgang strebte. Er hörte sie hinter sich sagen, sie ginge noch zur Toilette, und einige Meter vor sich sah er Jürgen, der einen leuchtend roten Anorak mit fellbesetzter Kapuze trug, in dem er ungewöhnlich jung und sportlich aussah. Wie es sich gehörte, wartete Jürgen am Ausgang auf ihn, um noch ein paar Worte mit ihm zu wechseln. Er bewunderte dessen Anorak und fragte, ob er neu sei. Jürgen sagte etwas über den Komponisten, dessen Liedvertonungen gerade gesungen worden waren, aber der Name sagte ihm sowieso nichts, und er fürchtete wieder, daß sein Gesichtsausdruck dümmlich war und nicht geheimnisvoll (wenn er nichts zu sagen wußte, versuchte er immer, ein wenig undurchdringlich auszusehen, es war ihm auch gelungen, als er noch jünger war, aber die Wirkung verlor sich mit zunehmendem Alter), und hoffte, daß sie bald käme, um ihn aus dieser Peinlichkeit zu erlösen. Er hätte eigentlich erwähnen müssen, daß sie sicherlich auch jeden Moment kam, aber Jürgen verabschiedete sich ohnehin (täuschte er sich, oder stand in seinen Augen herablassendes Mitgefühl?) und ging mit seinem roten Anorak in die Nacht.

Er wußte nicht, wie er hier nun weiter warten sollte, ohne den Eindruck zu erwecken, es liege ihm etwas an ihrem Wiedererscheinen. Also sah er die CDs durch, die am Ausgang verkauft wurden. Er verspürte den unbestimmten Wunsch, etwas zu kaufen, so wie er überhaupt gerne etwas kaufte. Gerade in der letzten Zeit verging kaum ein Tag, an dem er nicht mit etwas Neuem nach Hause kam, einer Hose, einem Buch, einer CD, einem Stift, einer Seifenschale. Die Freude über das Gekaufte hielt dann eine Weile an (er erwachte sogar manchmal nachts und überlegte dann, woher das Gefühl der Freude kam, bis ihm einfiel, was er am Tag zuvor gekauft hatte), und dann überkam ihn der Drang von neuem, dem er offengestanden viel zu oft nachgab. Er verbrachte auch gern ganze Stunden mit verschiedenen Versandkatalogen, und ab und zu gab er eine größere Bestellung auf, auf die er dann ein paar Wochen in leichter Erregung warten konnte. Sie nahm diese Kaufsucht (er hielt es für eine leicht ausgeprägte Form) gelassen hin, manchmal fürchtete er, sie würde ihn schief ansehen, wenn er wieder mit einer großen Plastiktüte von der Arbeit nach Hause kam, aber sie fand seine Anschaffungen im allgemeinen schön und auch sinnvoll und freute sich mit ihm darüber. Letzte Woche hatte er ein Buch über Vincent van Gogh gekauft und erschreckt festgestellt, daß er inzwischen schon fast so alt war wie van Gogh, als dieser sich das Leben genommen hatte. Früher hatte er sich immer am Beispiel van Goghs damit getröstet, daß ein spät begonnenes Künstlerleben kein Zeichen für geringes Talent sei, doch van Gogh hatte in seinem Alter schon die größte Zahl seiner Meisterwerke geschaffen gehabt, während er sich immer noch vormachte, daß sein Anfang noch vor ihm lag. Aber konnte er hoffen, daß aus den verstreuten Blättern, die er von Zeit zu Zeit in Ordnern sorgfältig abheftete, eines Tages etwas Ganzes entstehen würde? Es waren nichts als angerissene Anfänge, verworfene Skizzen oder tagebuchähnliche Aufzeichnungen, in denen er seine täglichen Verrichtungen, Beobachtungen oder Gedanken aufschrieb. Es gelang ihm nicht mehr, sich mit dem ironischen Lächeln von einst als »fröhlichen Dilettanten« zu bezeichnen (das hatte er früher geantwortet, wenn man ihn nach seinem Berufswunsch gefragt hatte). Und während es bei allen anderen Tätigkeiten so schien, daß eine gewisse Disziplin und Ausdauer zum Erfolg führten, so schien ihm beim Schreiben nun genau das Gegenteil davon der Fall zu sein. Je länger er herumprobierte, je mehr er sich mühte, desto karger schienen die Entwürfe zu werden, desto kraftloser und unscheinbarer wurde das Ergebnis, und als er sich vor ein paar Tagen darangemacht hatte, die Resultate des vergangenen Jahres zu sichten, als er im Schein der Schreibtischlampe den Ordner mit den engbedruckten Bögen durchblätterte, da sah er nichts, was es wert gewesen wäre, aufgehoben zu werden, keinen einzigen Satz, der leuchtete und sich von den anderen abhob, und er verließ sein Zimmer schlecht gelaunt, was sie zu der Bemerkung veranlaßte, das Schreiben scheine ihn in letzter Zeit nur noch zu deprimieren. Das verleitete ihn wiederum zu der Erwiderung, ein solcher Kommentar mache alles noch schlimmer und mache ihm das Schreiben überhaupt unmöglich, und er frage sich schon, ob es nicht das sei, was sie wolle. Dabei versuchte sie öfter, ihn zum Schreiben anzuhalten, als ihn davon abzubringen. Als er dann die Tür zu seinem Zimmer zugeschlagen hatte, atmete er heftiger, als wenn er im Treppenhaus vier Stockwerke hochgerannt wäre. Seine Erregung beruhte vor allem darauf, daß sie wieder einmal so zufrieden ausgesehen hatte, wie sie auf dem Sofa saß, die Beine hochgezogen, die Zeitung aufgeschlagen, während im Radio klassische Musik lief. Aus dieser Stellung hatte sie kurz hochgeblickt, um seine schlechte Laune zu kommentieren. Es fiel ihr leicht, gelassen zu sein, denn sie hatte ja die Arbeit des Tages schon hinter sich. Er war zu dieser Form der Entspannung nie in der Lage, weil er, wenn er endlich nach Hause kam, jede Minute, die er nicht am Schreibtisch verbrachte, für vergeudet hielt. Die Genüßlichkeit und Muße, die sie beim Zeitunglesen an den Tag legte, waren ihm manchmal so unerträglich, daß er in seinem Zimmer selbst bei geschlossener Tür die Finger in die Ohren stopfte, um das Rascheln der Seiten nicht zu hören. Er selbst steckte seine Zeitung immer in die Tasche, die er zur Arbeit mitnahm, und las auf der Busfahrt ein paar Artikel, flüchtig, eigentlich eher, um sich abzulenken von den Gedanken an das, was nun wieder an Unerträglichem vor ihm lag.

Als sie endlich von der Toilette kam (sie kam aus einer anderen Richtung, als er erwartet hatte, er blickte ihr also direkt in die Augen, ohne das eigentlich zu wollen), wandte er sich schnell um und verließ die Kirche. Sie kam nach und ging neben ihm. Wenn sie in diesem Zustand waren, mußte er immer ein paar Zentimeter voraus- oder hinterhergehen, er ertrug es nicht, einträchtig neben ihr herzugehen. Sie fragte ihn, wie er das Konzert gefunden habe. Er sagte, er habe es »ganz o.k.« gefunden. Sie fragte, welche Gruppe ihm denn am besten gefallen habe. Er sagte, er könne sich jetzt wirklich nicht über diese Dinge mit ihr unterhalten, dafür müsse sie sich schon einen anderen suchen, und ließ sie vorausgehen, zögerte sogar an der nächsten Ecke, ob er nicht abbiegen und sie allein weiter geradeaus gehen lassen sollte, ging dann doch weiter, verlangsamte seinen Schritt jedoch noch ein wenig mehr. Er wollte sich jetzt nicht ablenken lassen, er wollte sich seinem Zustand völlig hingeben, er wollte den Höhepunkt erleben, an dem es scheinbar keine Umkehr mehr gab, nahezu wollüstig schien er sich der Ausweglosigkeit überlassen zu wollen, als wäre dies der Beweis, daß er sich vom Mittelmaß unterschied, daß er zu Leidenschaft, ja, zu einer gewissen Tragik in der Lage war, daß er zerrissen und schwierig war wie einer der Großen, und nicht zufällig dachte er an van Gogh und wie dieser sich ein Ohr abgeschnitten hatte, und er überlegte, ob er auch zu einer solchen Tat in der Lage wäre, die ihm in seiner Verwirrung groß und bewundernswert, ja beneidenswert schien.

Er schwenkte ein wenig nach rechts, als wollte er einen anderen Weg einschlagen, und legte dadurch einen Abstand von mehreren Metern zwischen sie und sich. Aus den Augenwinkeln sah er, daß der Bus schon an der Haltestelle stand. Er wußte, daß er den Bus noch erwischen würde, wenn er liefe. Er zweifelte daran, daß sie ohne ihn einsteigen würde. Als der Bus die Türen schloß und anfuhr, sah er sie an der mittleren Tür stehen, sie war also eingestiegen. Der nächste Bus würde erst in zwanzig Minuten fahren. Er wußte (und triumphierte darüber), daß sie jetzt einen Fehler gemacht hatte. Daß sie allein in den Bus eingestiegen war, konnte er ihr vorwerfen, würde sie sich selbst vorwerfen. Daß er von jetzt an für sie unerreichbar war, verlieh ihm außerdem ein Gefühl der Überlegenheit. Er konnte die Zeit verstreichen lassen, sich gemütlich in eine Kneipe setzen, und sie wüßte nicht, wo sie ihn finden würde. Sie würde sich Sorgen machen. Ihr Abend wäre unruhig, und diese Gewißheit würde ihn in gute Laune versetzen. Es war ja nicht so, daß er sein Alleinsein immer genoß. Wenn er nämlich allein zu Hause war und auf sie warten mußte, war es oft die Hölle für ihn. Nicht selten hatte er sie deshalb in einem Zustand hochgradiger Aufregung empfangen. Einmal war sie auf einem Fest (wo er nicht eingeladen war, obwohl es sich inzwischen schon herumgesprochen hatte, daß sie zusammenlebten) und kam zwei Stunden später als angekündigt, da war er schon aus dem gemeinsamen Schlafzimmer ausgezogen und hatte sein Lager in seinem Arbeitszimmer aufgeschlagen.

Da half es auch nichts mehr, daß sie ihm sagte, sie hätte eine halbe Stunde vergeblich auf den Bus gewartet und sowieso den ganzen Abend an ihn gedacht. Sie behauptete auch, daß sie nicht früher hätte gehen können, weil sie einen Platz am Tisch der engeren Freunde (es handelte sich um eine Doktorfeier) zugewiesen bekam, was sie gar nicht erwartet hatte. Er wußte nur, daß sie, bevor sie mit ihm zusammen war, ein paar Jahre in diesen Mann, der jetzt seinen Doktortitel feierte, vergeblich verliebt gewesen war. Der war inzwischen verheiratet und hatte ein Kind, übte aber, so dachte er, wahrscheinlich nicht ungern seine alte Anziehung auf sie aus. Wenn sie dem Mann gegenüber auch nie etwas über ihre Gefühle erwähnt hatte, so mußte dieser sie (wenn er kein völlig gefühlloser Brocken war) geahnt haben. Er nahm ihr die Unschuld nicht ab, mit der sie von dem Abend erzählte, und nannte sie bei sich abwechselnd »naiv« und »gerissen«. Zudem roch sie nach Alkohol, und er malte sich aus, wie sie trinkend und lachend im Kreis von Menschen gesessen hatte, die mit ihr und ihrem Leben ungleich mehr zu tun hatten als er, und wie furchtbar es für sie sein mußte, zu ihm zurückzukommen, dem es unerträglich war, sich die Zufriedenheit von anderen auch nur vorzustellen. Er malte sich die Selbstgefälligkeit des Bekannten aus, der sie sogar in der Vorrede zu seiner Dissertation namentlich erwähnt hatte, wie sie ihm jetzt erzählte und was sie erstaunt und gefreut hatte. Er fand dieses ganze Dissertationsgetue lächerlich und abstoßend, insgeheim hoffte er sogar, daß diesen jungen und strahlenden Menschen irgend etwas zustoßen möge, was ihre Selbstsicherheit und Eitelkeit ein wenig erschütterte. Wenigstens sollten sie am Morgen aufwachen und der Leere ihrer Existenz plötzlich ungeschützt ins Auge blikken. Er wollte es einfach nicht hinnehmen, daß es Leute gab, die auf der Sonnenseite des Leben stehen sollten, denen alles gelang und die sich dann noch schamlos über ihr

Gelingen freuen konnten. Er fühlte sich außerdem deren Gesellschaft nicht gewachsen (weshalb er nicht mit zu der Feier gekommen wäre, selbst wenn er eingeladen gewesen wäre), er machte sich aber vor, daß diese Menschen (er unterstellte ihnen, daß sie »glatt« waren) ihn langweilen würden. Er hatte einen gewissen romantischen Hang zu Menschen mit angeschlagenen, erschöpften Gesichtern, er fühlte sich den Männern nahe, die ihre Tage und Nächte auf Parkbänken und in Bahnhofshallen oder unter Brükkenbögen verbrachten, und hätte sich gern mit ihnen unterhalten (hätte er nur den Mut dazu gefunden), und zwar nicht, um das Gehörte zu verwerten, indem er darüber schrieb, sondern um sich darin aufgehoben und getröstet zu fühlen, das jedenfalls redete er sich ein.

Als der Bus seinem Blick entschwunden war, schickte er sich zunächst an, in die entgegengesetzte Richtung zu gehen. Dann aber fiel ihm ein, daß sie womöglich erst nach dem Anfahren des Busses, als es schon zu spät war, gesehen hatte, daß er nicht mitgekommen war, und daß sie vielleicht bei der nächsten Haltestelle aussteigen und ihm entgegenlaufen würde. Mit einem Mal war er zu einer Versöhnung bereit. Ihr unvermitteltes Verschwinden, die Entschiedenheit, mit der der Bus sich entfernt hatte, hatten ihn so erschreckt, daß er seine Verstocktheit tatsächlich für einen Moment vergaß. Er ging die Straße entlang, die der Bus genommen hatte. Da merkte er, wie kalt es war. Der Schal, den er vor seinen Mund gelegt hatte, war gleich mit weißem Reif überzogen, und durch seine Hosenbeine drang die Kälte an seine Schenkel. Er dachte an Jürgens rote Daunenjacke. Er selbst hatte nur eine abgetragene braune Winterjacke aus Wolle, die ihm sein Vater an Weihnachten überlassen hatte, weil er sich eine neue kaufen wollte. Immer noch war der Vater der Ansicht, daß man ihn unterstützen mußte wie einen armen Studenten, und er tat auch nichts, um diese Meinung zu zerstreuen. Ehrlich gesagt fühlte er sich selbst oft noch so, obwohl er schon längst über das Alter hinaus war (er hatte, scheinbar unbemerkt, das Alter von fünfunddreißig erreicht, bis dahin hatte er sich in einer undefinierbaren Alterslosigkeit befunden, und erst mit dem fünfunddreißigsten Geburtstag schien es, daß er von seinem Älterwerden Kenntnis nehmen mußte). Seine Jacke war der Temperatur und dem Wind (der von Norden blies) nicht gewachsen. Als er feststellte, daß sie ihm nicht entgegenkommen würde, dachte er, er könnte den ganzen langen Weg nach Hause (es wären etwa sechs Kilometer) durch den Wald zu Fuß gehen. Es würde ihm guttun, eine Weile zu laufen, und er würde wahrscheinlich in einem derart erbarmungswürdig abgekühlten Zustand ankommen, daß sie ihn bemitleiden, bemuttern und pflegen würde. Es gefiel ihm sogar der Gedanke, daß die Gefahr bestand, er würde bei der Kälte gar nicht so weit kommen, sondern im Wald liegen bleiben und erfrieren. Immer wieder war er erstaunt darüber, wie sein Kopf in der Lage war, pausenlos Gedanken zu produzieren, die er gleich darauf als blöd oder kindisch bezeichnete. Es war, als würde sein Kopf nach irgendwelchen Gesetzen funktionieren, die er selbst nicht gutheißen, gegen die er sich aber auch nicht wehren konnte. Sein Körper folgte meistens den verrücktesten und verschrobensten seiner Gedanken, die er (er meinte, das sei eigentlich *er*, sein *wahres Ich*) doch eigentlich als verrückt und verschroben erkannte. Er wußte nicht genau, welche Rolle er selbst in diesem verrückten Theater spielte. Er konnte seine Handlungen einfach nicht kontrollieren. Er vermutete eine leichte psychische Krankheit, nichts Ernstes, aber er hatte schon drei Jahre Therapie hinter sich gebracht, ohne daß sein Verhalten sich merklich geändert hatte.

Es war zu kalt, er konnte unmöglich den ganzen Weg zu Fuß gehen. Er würde jetzt zur nächsten großen Straße laufen und einen der Busse nehmen, die dort in kurzen Abständen vorbeifuhren. Er würde nur ein paar Minuten später als sie nach Hause kommen (denn diese Busse hielten viel näher beim Haus als ihrer) und hätte somit ihren Vorsprung beinahe eingeholt. Was natürlich bedeutete, daß sie keine Zeit haben würde, sich über sein Zurückbleiben auch nur ansatzweise Sorgen zu machen, während es ihm so vorkam, als sei er schon unerträglich lange Zeit von ihr getrennt (die Uhr zeigte ihm aber, daß nur zehn Minuten vergangen waren, seit sie in dem Bus an ihm vorbeigefahren war). Als ein Bus kam, setzte er sich auf die Rückbank, wie fast immer, wenn er erschöpft, müde, traurig oder alles zusammen war und ein Mittel brauchte, um seine Distanz zur Welt auszudrücken. Die Rückbank schien diese Funktion auch für andere zu erfüllen, man sah dort nie eine der Frauen mit Wollmützen und Einkaufstaschen (deren Henkel sie mit beiden Händen auf dem Schoß festhielten) sitzen, sondern fast nur junge Männer, die sich schräg in die Ecke drückten und die Arme verschränkten. Daß er, wenn er den Bus betrat, nahezu automatisch in den hinteren Teil des Busses ging, während sie im vorderen stehenblieb, führte übrigens nicht selten zu einer kleinen Gereiztheit zwischen ihnen. Ihr wurde nämlich auf den hinteren Sitzbänken übel, und nicht selten setzte sie sich auf die vorderste Bank, direkt neben der Tür, wo der größte Betrieb war. (In anderen Situationen wählte sie gern menschenleere Räume oder Orte, während er sich zum Beispiel in Gasthäusern oder Cafés wohl fühlte, wenn sie ein bißchen bevölkert waren.) Er gab ihrem Wunsch immer nach und kam nach vorne, um sich neben sie zu setzen. Doch war ihm der vordere Teil des Busses aus irgendwelchen Gründen (er hätte es nicht genau beschreiben können, weshalb er ihr auch nichts davon sagte) unbehaglich; er fühlte sich beengt und unfrei, und manchmal war er ungehalten darüber, daß sie auch in dieser Sache (wie in so vielem anderen) wieder ihren Willen bekam, daß sie von einer derart stählernen Unbeugsamkeit war und nie wortlos einfach zu ihm kam, um vielleicht noch einmal auszuprobieren, ob es ihr wirklich immer und auch auf kurzen Strecken übel wurde, sobald sie im hinteren Teil des Busses saß. Er hielt sich in diesen Dingen für flexibler als sie, es machte ihm im Grunde nichts aus, sich anzupassen, ja, es wäre ihm vielleicht sogar nicht einmal aufgefallen, hätte sie nicht immer so hartnäckig auf ihren Gewohnheiten bestanden.

Als er zu dem Haus kam, in dem sie wohnten, war er sich plötzlich nicht mehr sicher, ob sie wirklich nach Hause gefahren war. Was, wenn sie nun auf dem Weg ausgestiegen war und ihrerseits eine Kneipe, eine Bekannte oder einen Freund aufgesucht hatte? Im Gegensatz zu ihm, der praktisch außer ihr keine Leute kannte (die aus der Arbeit abgerechnet, die er lieber nicht in seiner Freizeit zu Gesicht bekam), wäre es für sie leicht gewesen, die Nacht irgendwo anders zu verbringen. Er hatte schon mehrmals die Wohnung mit einer solchen Androhung verlassen, einmal sogar mit gepacktem Koffer, er war aber nur bis zu dem kleinen Bahnhof gekommen, von dem aus die Züge in die Stadt fuhren, und hatte den Koffer wieder zurück zur Wohnung geschleppt. Sie war erleichtert gewesen, ihn wiederzusehen, er hatte ihr geschworen, sie nicht zu verlassen, und dabei geweint, sie waren am Abend noch ins Kino gegangen, er hatte ihre Hand gesucht und den ganzen Abend nicht losgelassen, er hatte befürchtet, er habe sie schon verloren.

Auch wenn sie es also einfacher hatte als er, für eine begrenzte Zeit irgendwo unterzukommen (bis sein Gemüt sich abkühlte, bis sie mit irgendwas ins reine kamen), machte sie niemals Gebrauch davon, und er nahm das als einen Beweis ihrer Fairneß und schätzte sie dafür. Auch heute abend war sie zu Hause, das Licht in ihrem Zimmer brannte. Er schloß die Wohnungstür auf und ging, ohne ein Wort zu sagen, gleich in sein Zimmer, nachdem er sich Schuhe und Jacke ausgezogen hatte (das Zimmer lag gleich neben der Wohnungstür), wo er sich mit dem Buch über van Gogh auf seine Liege legte. Es dauerte eine Weile, bis sie ins Zimmer kam, um ihm zu sagen, sie sei deshalb in den Bus eingestiegen, weil sie das Gefühl gehabt habe, daß er ihre Gegenwart nicht ertragen habe, und er sagte, ohne sein Buch sinken zu lassen, er habe damit gerechnet, daß sie das sage. Sie ging aus dem Zimmer und schloß die Tür, er hörte, wie das Wasser im Badezimmer zu rauschen begann, und dachte, jetzt nehme sie also das heiße Bad, das er sich eigentlich auf seiner Fahrt nach Hause gewünscht hatte, weil er ganz durchgefroren war. Er hörte aber den Wasserstrahl ungleichmäßig plätschern und schloß daraus, daß sie sich duschte und die Haare wusch. Es verging einige Zeit, während der er in seinem Buch las, ohne daß etwas passierte. Sie ging dann wohl in ihr Zimmer, er hörte die Zeitung rascheln und stellte sich vor, in welcher Körperhaltung sie nun auf der Couch saß, die Beine angezogen, in ihrem blauen Morgenmantel, die Haare feucht ins Gesicht hängend. Einmal ging er zur Toilette und hätte einen Blick auf sie werfen können, aber er tat es nicht (und er wußte auch nicht, ob sie zu ihm hersah). Er hatte kalte Füße. Also beschloß er, ein Fußbad zu nehmen. Noch während er las, überlegte er, welcher Behälter sich am besten dafür eignen würde. Sie hatten einige Schüsseln verschiedener Größe und Farbe; die einzige jedoch, die ihm groß genug schien, war die rote Plastikschüssel, die sie immer zum Geschirrspülen benutzten. Zwar wußte er, daß sie in manchen Dingen überempfindlich war (wenn er zum

Beispiel seine Straßenschuhe über der Spüle saubermachte oder wenn er sich mit seiner Kleidung aufs Bett setzte), aber erstens fand er sie in dieser Hinsicht irrational, und zweitens konnte es ja nicht so schlimm sein, wenn er seine Füße (er hatte saubere Füße, und hatte sie seine Füße nicht oft genug geküßt, seine Zehen in den Mund genommen und an ihnen geleckt?) mit klarem Wasser wärmte. Er konnte die Schüssel danach wieder ausspülen. Daß sie hinter ihm herkam, als er mit der gefüllten Schüssel und einem Handtuch über der Schulter in sein Zimmer zurückging, daß sie durch die geschlossene Tür (er hatte ihr die Tür vor der Nase zugemacht) sagte: Mußt du unbedingt in dieser Schüssel ein Fußbad nehmen?, war der Auslöser. Deshalb, nur deshalb, mußte es soweit kommen. Vielleicht hatte er auch nur auf die Gelegenheit gewartet, um endlich diese Auseinandersetzung ihrem Höhepunkt, ihrer Peripetie zuführen zu können, sie hatte das Stichwort gegeben, und er nahm es an wie die Aufforderung zum endgültigen Kampf. Trug die Schüssel demonstrativ zurück ins Bad. Knallte sie in die Badewanne, wo das Wasser hoch zur Decke spritzte, ging (stampfte) zurück in sein Zimmer. Schlug die Tür zu. Lag ein paar Sekunden schwer atmend auf dem Bett. Rannte in ihr Zimmer, wo sie jetzt auf der Couch lag und in dem Buch las, das er ihr vor ein paar Tagen geliehen hatte, weil es genau in jenen Sommertagen in Berlin spielte, als sie sich ineinander verliebt hatten, riß ihr das Buch aus der Hand, schleuderte es in eine Ecke (er würde es gleich mitnehmen und verstecken), packte sie am Morgenrock und schüttelte sie ein paar Mal hin und her, boxte ihr mit der Faust auf die Schenkel, krallte seine Hände in ihre Oberarme. Sie wehrte sich nicht, aber sie versuchte sich zu schützen.

Er wußte nicht mehr, wann sie begonnen hatten, einander von einem bestimmten Punkt der Auseinandersetzung an zu schlagen, aber er war sich sicher, daß sie damals zuerst zu diesem Mittel gegriffen hatte. Jetzt war immer nur die Frage, wer damit anfing. Derjenige, der nicht als erster zuschlug, hatte den Streit in gewisser Weise gewonnen. So sah er es. Der Schläger mußte damit fertig werden, daß er geschlagen hatte. Einmal hatte er sie so in den Arm geboxt, daß sie eine Woche später immer noch eine große blutunterlaufene Stelle hatte. Er sah es, als sie zusammen in die Sauna gingen. Er fragte sie, was ihr da passiert sei, kurz bevor sie antwortete, hatte er es begriffen und hätte sich auf die Zunge beißen können. Er sagte ihr, sie könnte ihn wegen Körperverletzung anzeigen, im Ernst. Das konnte er sagen, weil sie gerade in guter Stimmung waren. Und es tat ihm wirklich leid, er bereute es. Aber sie hatte ihn auch geschlagen. Er hatte bisher noch nie jemanden geprügelt. Außer seiner Schwester, als sie noch klein waren (sie war älter als er gewesen und lange Zeit stärker). Jetzt war er ein erwachsener Mann, der seine Frau schlug. Das klang entsetzlich. Aber, so versuchte er sich zu rechtfertigen, er prügelte sie ja nicht, wie ein Mann eine Frau prügelt (oder wie er sich das immer vorgestellt hatte). Er konnte sich genau an das Gefühl erinnern, mit dem er früher auf seine Schwester losgegangen war, mit geballten Fäusten und dem Gefühl der Unterlegenheit. Nun fühlte er sich ähnlich. Sie waren wie Kinder, die sich (gegenseitig) in Wut schlugen, so stellte er es gerne hin. Doch jetzt verspürte er den Wunsch, ihr weh zu tun, sie wirklich zu verletzen, ihre Finger zu biegen, bis sie aufschrie, er wollte etwas zerbrechen, zerreißen, etwas aus seiner Verankerung lösen. Ein- oder zweimal bisher hatte er sich gefragt, ob sie in der Lage seien, einander zu töten. Einmal hatte er sich zum Schlafen in sein Arbeitszimmer gelegt und ihre wütenden Versuche, ihn zum Reden zu bringen, ignoriert. Er hatte daraufhin gehört, daß sie in der Küche in den Schubläden nach etwas suchte, und stellte sich vor, daß sie gleich darauf mit einem

Messer in der Hand zurückkommen würde. Als sie nicht kam, wurde er müde, aber er fürchtete einzuschlafen und von ihr im Schlaf überrascht zu werden. Er malte sich genau aus, wie er die linke Hand zum Schutz hochschnellen lassen würde, wenn sie die Tür öffnete. Er würde einige Zehntelsekunden Zeit haben, genug, um reflexartig die Hand zu heben. Er hatte versucht, mit dieser Vorstellung einzuschlafen, »wie ein Krieger«, so dachte er lächerlicherweise (er hatte sich nie für Krieg oder Kampf interessiert und war nach dem Abitur nach Berlin gezogen, um der Wehrpflicht zu entgehen). Als er ihr von dem Gedanken erzählte, fand sie ihn absurd, sie sei niemals in der Lage, ihn zu töten, aber er sagte, sie hätten auch nie gedacht, daß sie in der Lage sein würden, einander zu schlagen, und nun gehöre es schon so zu ihrem Alltag, daß ihr Entsetzen darüber ganz abgestumpft war. Es war, als hätten sie zugelassen, daß eine Schranke niedergerissen wurde, und als sei es unmöglich, diesen Schritt wieder rückgängig zu machen. Sie hatten sich darauf geeinigt, daß sie einander schlugen »wie die Kinder«. Sie lachten darüber, wenn sie ruhig waren. Sie fühlten darin sogar ihre Besonderheit. Sie konnten sich schlagen und dann wieder miteinander reden, lachen und alles verstehen und verzeihen.

Er versuchte, Erklärungen für alles zu finden. Er fürchtete, sie habe in ihm ein Ebenbild ihres Vaters gesucht. Der hatte die Mutter geschlagen. Der sei dumm (nahezu analphabetisch) und verantwortungslos gewesen. Der Vater lebte noch, aber sie wollte ihn nicht mehr treffen. Immer, wenn er selbst etwas kaufte, mußte er daran denken, daß sie von ihrem Vater erzählt hatte, dieser habe so gern für sich eingekauft, daß für die Familie am Ende fast nichts mehr übriggeblieben sei. Die Mutter habe die Familie ernährt. Er mußte sich einen solchen Vorwurf nicht machen, denn er trug zu ihrer Lebenshaltung den gleichen Teil bei wie sie, sie hatten beide etwa gleichviel Geld zur Verfügung, er wußte allerdings, daß sich das bald ändern würde, wenn sie ihre Dissertation abgeschlossen hätte. Dann würde der Einkommensunterschied zwischen ihnen so groß werden, daß es ihm jetzt schon Sorgen bereitete.

Er hatte sie geschlagen. Sie hatte die Hände vor das Gesicht gelegt und geweint. Sie hatte gesagt, er solle sie nicht schlagen. Er war in sein Zimmer zurückgegangen und hatte sich angezogen. Er hatte sich überlegt, ob er eine Zahnbürste einstecken sollte. Er hatte es gelassen. Er hatte sein Tagebuch eingesteckt und hatte sich vorgestellt, wie er am nächsten Tag in einem Hotelzimmer sitzen und schreiben würde. Daß er aber über nichts anderes schreiben könnte als darüber, was zwischen ihnen passiert war. Daß der Sonntag ihm nun verdorben war, weil er nicht arbeiten konnte, war der Gedanke, der ihn am meisten beschäftigte. Daß die Trennung, sein Auszug, ihm wieder für Wochen das Schreiben unmöglich machen würde, allein aus praktischen Gründen. Sie hielt ihn nicht zurück. Seine Drohung, sie werde ihn nie wiedersehen, nützte nichts mehr (sie hatte nur in der ersten Zeit, die ersten neun, zehn Mal vielleicht, genützt). Er ging also wieder hinaus in die Kälte. Es war unnötig zu fragen, warum er eigentlich ging. Er wollte einfach, daß dieses Gefühl in ihm verschwand. Seit er mit ihr lebte, konnte er sich nicht mehr ertragen. Es schien ihm auch möglich, daß es etwas mit seinem Alter zu tun hatte. Jedenfalls kam es ihm so vor, daß er immer schwächlicher und immer ekelhafter wurde, daß seine Ausweglosigkeit immer fester zementiert wurde, während sie unaufhaltsam von einem Triumph zum nächsten eilte und noch lange nicht am Endpunkt angelangt war. Er konnte sich selbst nicht leiden, wenn er beim Abendessen die Kleinlichkeiten seines Büroalltags über ihr auskippte, während sie schwieg und zuhörte und er nur zufällig erfuhr, was sich bei ihr abgespielt hatte, wer sie wieder zu einem Vortrag eingeladen hatte, wo sie wieder in ein Planungsgremium berufen wurde etc. Sie gab zwar vor, daran nichts zu finden, sie sagte ihm mehr als einmal, daß sie künstlerische Tätigkeit um vieles wertvoller und auch interessanter fand als die wissenschaftliche, daß sie das Leben nur deshalb lebenswert finde, weil es die Kunst gebe, daß sie von der Universitätsrealität angewidert sei und es hochschätze, daß er in seinem Leben niemals Anstrengungen unternommen habe, eine Karriere im üblichen Sinn zu machen. Er fühlte selbst, daß diese Worte zwar gut gemeint waren, aber der Wirklichkeit nicht standhielten. Es waren Beschwichtigungsversuche. Wäre er doch wirklich ein Künstler gewesen! Dann wäre er nicht so kümmerlich vom Neid darauf zerfressen gewesen, daß sie auf eine unspektakuläre Weise vorwärtskam, während er mit viel Lärm auf der Stelle trat.

Er brauchte jetzt andere Menschen um sich. Er ging eine Weile geradeaus, bis er sich fragen konnte, wohin er eigentlich wollte. Er könnte in eine Kneipe gehen, er wußte auch schon in welche, da würde er sitzen und trinken, bis geschlossen würde, er würde bei irgend jemandem (irgendeinem völlig abgefahrenen Typen) die Nacht verbringen, und am Morgen würde es so aussehen, als wäre diese Wirklichkeit, die ihn jetzt so festhielt, nur eine Möglichkeit von vielen. Er war doch kein Gefangener! Er hatte seinen eigenen Willen und seine Füße, die ihn vorwärts trugen. Er bräuchte eine andere Gesellschaft, keine Menschen mit stromlinienförmigen (er gebrauchte gern in Gedanken dieses abschätzige Wort) Lebensläufen, sondern Menschen, deren Leben Brüche aufwies. Er hätte heute abend gerne Karten gespielt. Oder Billard. Es schien ihm, als sei er schon über ein Jahr abgeschnitten von der Wirklichkeit.

Sie lebten in ihren vier Wänden, als gebe es keine Außenwelt. Seine Gedanken kreisten immer nur um dieselben Dinge. Er hatte keine Ahnung, was in ihrem Kopf vorging. Sie schien für vieles empfänglicher zu sein als er, sie wies ihn ab und zu auf den Gesang eines Vogels, auf einen besonders farbenprächtigen Abendhimmel, auf eine Blume hin. Zu ihm drang nichts mehr vor. Die Welt hielt nichts mehr für ihn bereit, in allem schien sie sein Scheitern zu belegen und zu spiegeln.

Einige Taxis fuhren an ihm vorbei, er hätte sie anhalten können, den Namen der Kneipe sagen, einsteigen, aber er tat es nicht. Es lag am Geld, er war zu geizig, sich ein Taxi zu leisten. Er schlug den Weg zum Bahnhof ein. Dann fiel ihm ein, er könnte mit dem Zug zum Hauptbahnhof fahren, dort in den nächsten Nachtzug steigen, irgendwohin weit in den Norden fahren, dahin, wo es jetzt noch dunkler und noch kälter war, er würde am Morgen aus dem Zug steigen (er überlegte, ob er sich einen Schlafwagen leisten solle), frühstücken, spazierengehen, sich in ein Café setzen und schreiben, was er sah und dachte. Er wollte eine Erfahrung machen, an der sie nicht teilnehmen würde, die sie nicht teilen könnte. Er würde beobachten, wie seine Gefühle sich langsam veränderten. Natürlich würde er sie anrufen, damit sie sich nicht nutzlos Sorgen machte. Jetzt, wo er seine Abwesenheit plante, war er sogar imstande, fürsorglich zu denken. Ich müßte öfter solche Reisen unternehmen, dachte er, weg von Dissertationsfeiern und gelungenen Lebensläufen. Nutzlose Reisen, nur dem Schauen und dem Schreiben gewidmet. Früher war er oft so gereist. Er hatte damit aufgehört, wie mit vielem, was ihm lieb war. Das Geräusch des fahrenden Zuges würde ihn besänftigen. Er würde keinen Schlafwagen nehmen, sondern die Fahrt sitzend verbringen und bei jedem Bahnhof die ein- und aussteigenden Leute betrachten. Er würde sich in das Zugrestaurant setzen und etwas trinken, irgendeine pappige Pizza essen und schreiben. Er würde mit einem betrunkenen Mitreisenden ein Gespräch anfangen, in der Dunkelheit auf dem Gang stehen und mit einigen anderen, die ein paar Meter von ihm entfernt stünden, eine Zigarette rauchen und aus dem Fenster sehen, wo es nichts zu sehen gäbe, nur sein Spiegelbild. Als er zu dem kleinen Bahnhof kam, von dem aus die Vorortzüge in die Stadt fuhren, war gerade ein Zug abgefahren. Außer ihm war nur ein Betrunkener auf dem Bahnsteig, der in einer Plastiktüte leere Bierflaschen mit sich herumtrug. Als er auf dem Fahrplan für die Langstreckenzüge sah, daß heute Nacht kein Zug mehr die Stadt verlassen würde, wartete er nicht länger. Er ging nach Hause.

Sie hatte nicht versucht, ihm zu folgen. Sie war zu Hause geblieben, wohl in der sicheren Annahme, daß er bald zurückkommen würde. Seine Ankündigung, die Nacht, die folgenden Tage, die nächste Woche, den Rest seines Lebens woanders zu verbringen, hatte er noch nie wahr gemacht. Meistens war er schon im Treppenhaus wieder umgekehrt. Oder er war die Straße entlanggegangen, bis diese auf die Autobahn stieß, und dann wieder zurück. Er war auch jetzt nur zehn Minuten weg gewesen. Sie konnte nicht wissen, wie ernst es ihm dieses Mal gewesen war. Er fühlte keine Freude bei der Rückkehr. Mit dem Aufschließen der Wohnungstür würde er sich wieder in das Wesen verwandeln, das er verabscheute. Sie kam ihm nicht einmal entgegen, als er die Wohnungstür aufschloß. In ihrem Zimmer stand sie neben dem Schreibtisch und hob sofort eine Hand zum Schutz gegen ihn, als er auf sie zu ging. Sie sagte, wenn er sie jetzt noch einmal schlage, dann wolle sie Hilfe rufen. Als er sagte, er wolle sich entschuldigen, schienen die Dinge endlich eine andere Wendung zu nehmen. Zu seinem eigenen Erstaunen fuhr er fort, es tue ihm leid, daß er die rote Schüssel zum Füßewaschen hatte nehmen wollen. Er sagte, er verstehe, daß sie sich vor seinen Füßen ekeln müsse. Er verbitte sich, daß sie in Zukunft seine Füße berühre oder in den Mund nehme, so wie sie den Rest seines Körpers bitte nicht mehr berühren möge. Er entschuldige sich dafür, daß er die Hand auf ihren Körper gelegt habe, mit der er sich die Scheiße vom Arsch gewischt habe (sie erwiderte darauf, sie habe gedacht, er wische sich den Arsch mit Klopapier), und er wolle jetzt in dieser Wohnung nichts mehr mit bloßer Hand anfassen, weil es ihr offensichtlich Abscheu einflöße, wenn Gegenstände mit Körperteilen in Berührung kämen. Er wolle auch nicht mehr mit seinen Füßen durch die Wohnung laufen, denn dadurch würde er den Fußboden beschmutzen. Außerdem verbitte er sich, daß sie in Zukunft seine Wolldecke weiterhin um ihren Körper schlinge, denn er habe schon öfters beobachtet, daß ein Zipfel der Wolldecke dabei den Boden berühre, und er würde sich diesen Zipfel womöglich das nächste Mal über das Gesicht ziehen, ganz zu schweigen von den Teilen der Decke, die mit ihrem Hintern oder ihren Füßen in Berührung gekommen waren. Auch die Stühle sollten sie in Zukunft nicht mehr benutzen, ohne sie vorher zu schützen. Er ging in die Küche und öffnete den Schrank mit den Plastiktüten. Sie war inzwischen ins Bad gegangen, hatte die Tür hinter sich geschlossen und offensichtlich beschlossen, ihn zu ignorieren. Er legte auf alle Stühle und auf ihre Couch Plastiktüten, bedeckte auch seine Liege im Arbeitszimmer mit Plastiktüten, streifte sich selber Plastiktüten über die Füße, versuchte, seinen Unterleib in eine besonders große Plastiktüte (die er unten aufriß) zu zwängen, was ihm mißlang, bat sie, die inzwischen (wahrscheinlich neugierig geworden) das Bad verlassen hatte, sie solle ihm helfen, die Plastiktüten auch an seinen Händen zu befestigen, was sie verweigerte, so daß er mit Hilfe seiner Zähne die Enden festzog. Er fragte sich ernsthaft, ob er jetzt verrückt geworden sei, und verneinte es im selben Moment, es konnte sich doch nicht um echtes Verrücktsein handeln, nur wenn man etwas Verrücktes und Ungewöhnliches macht. Er war schließlich ganz klar in seinen Gedanken und nicht verrückter als sie, die ihm aus vollkommen irrationalen Gründen den Gebrauch der roten Schüssel zum Füßewaschen verboten hatte. Hätte er bei ihrer Verrücktheit mitgespielt, dann hätte er als normal gegolten. So geht es immer, dachte er, das ist die Anpassung, die die Menschen zu Krüppeln macht. Hatte er es nicht bei seinem Vater gehaßt, wenn dieser sich den Anordnungen seiner Mutter widerstandslos unterwarf, selbst wenn diese von irgendwelchen momentanen Launen motiviert waren? Seine ganze Kindheit lang hatte er sich gewünscht, sein Vater würde einmal aufbegehren, und die Frage war immer noch offen, ob es Weisheit oder Gefühlsarmut war, daß dieser es niemals getan hatte. Er genoß das Rascheln der Plastiktüten an seinen Füßen und lief ein paar Mal den Flur auf und ab, um es auszukosten. Als er in sein Zimmer ging, um auszuprobieren, wie es sich mit Plastiktüten an den Händen (er hatte die leichten Tüten gewählt, mit denen man im Supermarkt das Obst verpackt) las oder schrieb, stand sie plötzlich hinter ihm. In ihren Händen hielt sie die rote Schüssel, gefüllt mit heißem Wasser. Was sie wolle? Sie wolle, daß er jetzt ein Fußbad nehme, so sie. Sie habe eingesehen, daß sie sich blöd verhalten habe. Sie drückte ihn sanft auf seine Couch, band die Plastiktüten von seinen Händen und Füßen los, zog ihm die Socken aus, krempelte die Hosenbeine hoch und zog seine Füße in das heiße Wasser.

Natürlich mußte er an den Spruch denken, den seine Mutter (die doch wahrlich den allerwenigsten Grund dazu gehabt hatte) ihm immer hergebetet hatte: »Der Klügere gibt nach«, und er wußte, daß er, wenn dieser Spruch wahr ist, niemals der Klügere von ihnen beiden gewesen war. Jetzt saß er da, die Füße in der Schüssel, während sie das Zimmer verlassen hatte, um ein Handtuch zu holen (das er doch nicht brauchte, er hatte sich schon zuvor eins mitgebracht), stützte den Kopf in seine Arme und weinte. Er hatte schon mehrmals festgestellt, daß er meistens aus Selbstmitleid weinte, obwohl er es abscheulich fand, aus Selbstmitleid zu weinen. Wenn sie weinte, fühlte er sich aber meistens ganz ausgetrocknet und kühl. Es war ihm, wenn sie weinte, unmöglich, selbst zu weinen. Deshalb hatte er ihr oft vorgehalten, die Tatsache, daß sie immer so schnell weine, verhindere, daß er auch ab und zu weinen könne (denn sie beschwerte sich, daß er so selten weinte, daß er meistens so unberührt und kalt erschien), auch würde es durch ihr Weinen immer so aussehen, als sei sie das Opfer und er der Täter. Einmal, als sie guter Laune waren, hatten sie vereinbart, von jetzt an sollte jeder von ihnen mitweinen, wenn der andere weinte, ein wenig nur, um das Weinen des anderen zu entlasten, damit sich der Weinende nicht allein gelassen und der andere sich nicht als Täter fühlen muß. Sie fanden diesen Gedanken beide sehr schön und waren stolz darauf, aber wenn dann wirklich einer von ihnen weinte, dann hatte der andere natürlich die Vereinbarung längst vergessen. Er sagte ja so oft, daß es nichts nütze, gute Vorsätze zu haben. Er sagte, sie müßten einen anderen Weg finden, einen, der nicht über den Intellekt gehe (bei dieser Gelegenheit konnte er das Wort »Intellekt« wieder einmal geringschätzig aussprechen). Einmal hatten sie die Rollen getauscht und mit derart vertauschten Rollen probeweise einen Streit inszeniert. Sie konnten dabei vor Lachen nicht mehr weitermachen, und sie hofften, das würde sich im Ernstfall als effektive Methode erweisen. Als sie sich jedoch wenig später mitten in einer Auseinandersetzung befanden, waren sie nicht zu einem solchen Spiel in der Lage. Jeder Streit lief nach Regeln ab, die ihnen im »Wachzustand« abstrus und grotesk vorkamen, weshalb er ihnen später wie ein häßlicher Alptraum erschien. Dagegen gab es offensichtlich kein Mittel, jedenfalls keines, das ihnen zur Verfügung stand.

Der Alptraum schien nun zu Ende zu sein. Er hatte seinen Kopf in seine Hände gestützt und weinte immer noch. Sie kam zu ihm und umarmte ihn. Er weinte über sein Verhalten. Und er weinte darüber, daß es wohl aus diesem Verhalten kein Entrinnen gab, wenn er mit ihr zusammen wohnen blieb. Er weinte, weil er in diesem Moment beschloß, die Trennung wirklich durchzuhalten. Er wünschte sich, daß er nicht im entscheidenden Augenblick wieder umkehrte. Er wußte ja, daß es, wenn sie erst einmal getrennt wohnten, für sie beide erträglicher wäre. Er wußte, daß der Zustand des Übergangs, das Packen und der Auszug, am schmerzlichsten wäre. Sie müßten sich beide eine neue Wohnung suchen. Das würde wieder einmal eine Unterbrechung seiner Arbeit bedeuten, seiner eigentlichen, der Schreibarbeit, denn die Arbeit im Büro mußte immer, Tag für Tag, weitergeführt werden. Er weinte und ließ jetzt die Arme hängen, während sie seinen Kopf an ihren Körper drückte. Von seinen Gedanken sagte er ihr nichts. Er sagte überhaupt nichts. Sie fragte, ob er jetzt lieber in seinem Arbeitszimmer schlafen wolle (sie wußte, daß er nach Beendigung eines Streits mehr Abstand brauchte als sie, daß er dem Frieden mißtrauischer gegenüberstand, daß er auch mindestens zwei Tage brauchte, bis er wieder mit ihr schlafen konnte). Er nickte, ja, das wolle er, und sagte ihr nichts davon, daß er schon morgen gehen wollte. Sie küßte ihn auf den Mund und ließ ihn allein, und er hörte eine Weile später das Bett im Schlafzimmer knarzen. Seit sie hier wohnten, hatten sie es nicht fertiggebracht, die Schrauben festzuziehen. Er legte sich auf seine schmale Liege und ließ die Vorhänge geöffnet. Das konnte er nur, wenn er allein schlief, denn sie brauchte die Dunkelheit, um einschlafen zu können. Er hingegen sah am Morgen gerne als erstes den Himmel.

Schwarzweiß

Es war ein heißer Tag, einer der heißesten in diesem Jahr, sie trug eine helle Hose und ein weißes T-Shirt und stellte ihr Fahrrad vor einem Blumenladen ab, um eine Blume für ihn zu kaufen. Sie hatten beide vor ein paar Tagen Geburtstag gehabt, sie waren am selben Tag geboren, im selben Jahr, sogar im selben Krankenhaus. Kein Geburtstag war in den letzten Jahren vergangen, an dem sie nicht an ihn gedacht hätte, manchmal flüchtig nur, manchmal mit dem sofort wieder verworfenen Impuls, ihn anzurufen, einen Gruß durch die Telefonleitung zu schicken, wieder ein Jahr älter, jetzt sind wir schon fünfzig (sechzig) zusammengerechnet (und dieses Jahr siebzig). Sie erinnerte sich an das letzte Gespräch, das sie vor acht Jahren an der Kneipentheke geführt hatten: er hatte von der Sehnsucht gesprochen, ununterscheidbar zu werden, unterzutauchen in der Menge der anderen, sich an den zeitlosen, allgegenwärtigen Fluß anzupassen, einem Ganzen anzugehören, das größer war als sein eigener Körper, sich aufzulösen, sich hinzugeben, den sinnlosen Widerstand zu zerstreuen. Er wolle nicht den Rest seines Lebens jede Geste, jedes Wort einer gedanklichen Selektion unterziehen. Er wolle ganz einfach ein angenehmes Leben führen. Im eigenen Wohnhaus, beim Bäcker, in der Straße, in der man wohnt, bekannt sein, die Leute auf dem Weg zur Arbeit grüßen. Er wolle ein gerngesehener Mensch sein und kein Dorn im Auge der anderen, keine Provokation für deren Normalität. Er sehne sich nach einem anständigen Leben, nach Tagen, die mit einem Feierabend enden, nach einem Zuhause, in das (er schäme sich nicht für diese Worte) man gern zurückkommt, er wolle zufrieden sein mit dem, was da sei, und nicht ständig nach etwas Besonderem streben und so sich (und anderen) das Leben schwermachen. Er sagte: Es klingt vielleicht blöd, aber ich will jetzt in eine Art Kiste. Klappe zu. Ende. Ich habe dieses Offene satt, diesen Überfluß an Möglichkeiten. Ich will wissen, was ich zu tun habe, und zwar jeden Tag, von morgens um acht bis abends um sechs. Ja, das sei in etwa auch, was sie sich wünsche. Wenn die Welt das für sie bereithalte, dann wolle sie nun gerne eine einfache Arbeit, eine kleine Wohnung, die sie mit persönlichen Dingen füllen könne, saubere Kleidung (sie sagte sogar *weiße*), die Mittel, ab und zu ins Kino oder ins Theater zu gehen und vielleicht einmal im Jahr einen Urlaub zu machen, keine Fernreisen mehr, das hinterlasse einen schalen Geschmack auf der Zunge. Sicherheit, hatte sie vorsichtig gesagt, und er hatte genickt, sie hatten beide einen Schluck aus ihrem Glas genommen, sie hatte bald darauf die Kneipe verlassen und sich gefragt, warum sie in seiner Gegenwart anfing, Dinge zu sagen, die sie nicht meinte, und was sie denn sonst eigentlich hätte erwidern wollen.

Als sie dreißig wurde, hatte sie sich daran erinnert, daß sie mit zwanzig darüber gesprochen hatten, in zehn, fünfzehn Jahren seien sie sicher irgendwo angekommen, hätten sie einen Beruf, einen Platz, ein Wissen, wäre etwas aus ihnen geworden. Damals hatte sie zu ihm gesagt: Ich wünschte, ich könnte, nur für einen kurzen Augenblick, in die Zukunft schauen, vielleicht wäre diese ganze Unsicherheit dann leichter erträglich. Ihre Zukunft schien selbst mit dreißig immer noch in alle möglichen Richtungen offen zu sein. Von ihm jedoch hörte sie, daß er seinen Platz gefunden hatte. Sie nahm sich vor, noch einmal fünf Jahre zu warten und ihn dann aufzusuchen. Nun war es soweit.

Im Blumengeschäft war es dunkel, sie war die einzige Kundin, und sie entschied sich für eine Amaryllis, die sie in Papier verpackt entgegennahm. Den Rest der Strecke ging sie zu Fuß und schob ihr Fahrrad neben sich her. Sie dachte an den heißen Sommer vor zwanzig Jahren und wie sie ihn am Baggersee kennengelernt hatte, zu dem sie jeden Tag radelte. Er war mit einer Muschel heraufgetaucht und hatte sie vor ihren Augen mit seinen Zähnen geknackt, um das Fleisch herauszusaugen. Dann schüttelte er seine nassen Locken neben ihrem Badetuch, und die herausgeschleuderten Tropfen trafen ihren heißen Bauch. Sie lachte und hielt sich ihr Buch vor die Augen, Schullektüre: Gottfried Keller, *Der grüne Heinrich*. Es dauerte zwei Jahre, bis sie das erste Mal ein Wort miteinander wechselten. Er wählte in der Oberstufe dieselben Kurse wie sie, kam jeden Tag zu spät zur Schule, mit einem gehetzten (sie fand: theatralischen) Blick, unrasiert, ungekämmt. Er ließ sich einen Bart stehen, der dicht und schwarz wurde, er benützte Wörter, die sie nicht verstand, *apokalyptisch* zum Beispiel, er drehte an Wochenenden Filme mit der Super-8-Kamera, die er an den Tagen vor den Ferien in der Schule zeigen durfte. Sie wußte, daß er an Wochenenden eine Frau in S... besuchte, sie wußte, daß er mit ihr schlief. Montags kam er oft direkt vom Bahnhof zur Schule, er trug einen viel zu engen selbstgestrickten Pullover, ein Armband dieser Frau, sein Blick war müde und überlegen. Er sah zwischen gespreizten Fingern zu ihr her. Saß sie in der Bibliothek und las für ein Referat, sah sie manchmal seine Augen zwischen den Büchern durchspähen. Zog sie die Bücher später wieder aus dem Regal, fiel ab und zu ein Zettel heraus, auf den er etwas geschrieben hatte. Die schwarze Tinte, die weiche, fast weibliche Schrift. Eines Abends tauchte er in ihrer Fahrschule auf, obwohl er am anderen Ende der Stadt wohnte, und setzte sich grinsend neben sie. Sie hatten am selben Tag Fahrprüfung. Er steckte in den Nächten Bücher (er hatte Sätze darin unterstrichen, seine Anmerkungen an den Rand geschrieben) oder Kassetten in ihren Briefkasten, und ihr Vater brachte sie mit der Morgenzeitung nach oben. Sie gewöhnte sich daran, daß er überall auftauchte, wo sie war. Saß sie in einer Kneipe, kam er wenig später durch die Tür. Er tat immer, als sei er in Eile, und verabschiedete sich nach ein paar Worten wieder. Fuhr sie mit dem Fahrrad durch die Stadt, kam er ihr auf seinem roten Mofa entgegen. An seiner grellgelben Windjacke erkannte sie ihn von weitem. Ging sie zum Schwimmen ins Freibad, lag er schon auf *ihrem* Platz. Er hatte die Augen geschlossen und gab vor zu schlafen. Er schien es nicht zu bedauern, daß er an den Wochenenden jetzt nicht mehr nach S... fuhr. Es dauerte ein weiteres Jahr, bis sie eines Tages feststellte, daß sie sich nicht mehr darauf verlassen konnte, ihm überall zu begegnen. Sie reagierte mit Unruhe, als sie ihn ab und zu mit einer anderen Frau sah, einer Frau mit dickem hennarotem Haar, die einen Geruch von Patschuli verbreitete.

Sie erinnerte sich an ihren ersten Besuch bei ihm. Sie wollte ihm für den dritten Platz in einem Nachwuchs-Literaturwettbewerb gratulieren, sie hatte davon in der Zeitung gelesen. Es war ein kalter Wintertag. Sie hatte sich schon an der Universität eingeschrieben, er sortierte archäologische Ausgrabungsstücke im Museum, vorübergehend, bevor er den Zivildienst antreten würde. Seine Wohnung in der Innenstadt, in die er nach dem Abitur gezogen war, hatte keine Klingel, die Tür war offen, und sie stand schon mitten im Zimmer, als er sie endlich bemerkte. Er las und hatte Riesenkopfhörer übergestülpt, die Bettdecke wippte im Takt mit seinen Zehen. Er sagte ihr, der Platz im Bett sei der einzig warme in der ganzen Wohnung. Sie zogen die Bettdecken über sich (sie dachte, hier also liegt er mit der Patschuli-Frau) und stellten eine Blechdose mit Zigarettenstummeln auf das Laken zwischen sich. Er empfahl ihr, ab und zu die Decke mit den Füßen hochzuheben, damit die heiße Luft aus dem Heizlüfter darunterblasen könne.

Er fragte sie, ob er ihr aus dem Buch vorlesen solle, so ein Zufall, rief sie, denn sie las gerade dasselbe, und während er laut las, drehte sie Zigaretten, rauchte und stäubte die Asche in die Blechdose. Nachdem er die letzte Seite gelesen hatte, schälte sie sich aus der Bettdecke, stand kurz unentschlossen in der Kälte des Zimmers, sagte dann, sie würde jetzt gehen, und er begleitete sie, den ganzen Weg nach Hause, erst über die Eisenbahnbrücke und dann bergauf. Es war Winter, es hatte geschneit, kaum jemand war um zwei Uhr morgens unterwegs. Er schob das grüngestrichene Fahrrad neben sich her, mit dem er gleich darauf fröhlich winkend die abschüssige Straße hinunterfahren würde, dabei eine schmale Spur im frischen Schneebelag hinterlassend, auf seinem Kopf eine bunte Wollmütze, die die hennarote Frau für ihn gestrickt hatte.

Er wohnte in einem verwinkelten alten Haus mit dicken Mauern und buckligen Wänden, er hatte die breiten Planken des Fußbodens mit türkisem Bootslack gestrichen. Im Flur neben der Eingangstür hatte er eine Faltdusche aufgestellt, an einer Wand seines Zimmers hingen kleine, schwarz bekritzelte Zettel. Beschriebenes Papier überall, auf dem Tisch, auf dem Bett, auf der verwitterten Holztruhe. Abgerissene Papierstücke, eine Obsttüte, eine Serviette, auf die er ein paar Worte notiert hatte, mit Schreibmaschine beschriebene Bögen auf dem Boden verstreut, sie mußte achtgeben, um nicht darauf zu treten. Sie wohnte in einer Wohnung, die ihre Eltern gegen ihren vagen Widerstand für sie gekauft hatten, in Universitätsnähe, mit einem hellgelb gekachelten Bad und fließend warmem Wasser, mit Zentralheizung und Parkettfußboden, mit glatten Wänden, die keine Unregelmäßigkeiten aufwiesen, sie schämte sich vor ihm für diese Durchschnittlichkeit. Am Sonntag grillten die Nachbarn im Garten vor ihrem Fenster, über ihr spielte eine pensionierte

Lehrerin jeden Tag zur selben Zeit dieselbe Mozart-Sonate auf dem Klavier.

Sie trug seine Hemden und seine Jeans, die auch ihr viel zu weit waren und die sie mit einem langen Gürtel in der Taille zusammenraffte, wenn sie am Morgen zur Universität radelte, und seine ausgeleierten Schlafanzüge, wenn sie in der Nacht in den Innenhof seines Hauses hinaustrat, um vor Kälte zitternd zur Toilette zu gehen. Er kam in der Nacht in ihre Wohnung, wenn sie schon schlief, kletterte über den Zaun in den Garten und stieg auf den Balkon, in dessen Plastikumrandung sie eine Tür geschnitten hatten. Er öffnete den Verschluß von außen mit einer geschickten Fingerbewegung und drückte dann die unverriegelte Balkontür auf, sie erschrak nicht mehr, wenn sie den Schatten in ihrem Zimmer auftauchen sah. Sie rauchten Gras, das sie in einer mit Plastik ausgeschlagenen Obstkiste auf ihrem Balkon selbst gezogen hatten, spannten dann ein Blatt Papier in ihre kleine Reiseschreibmaschine und tippten kichernd Sätze ein, die ihnen im bekifften Zustand ungeheuer witzig und am nächsten Tag peinlich vorkamen. Sie betranken sich, gingen am frühen Morgen ins Badezimmer, um einander die Haare zu schneiden, und brachen in ungläubiges Lachen aus, als sie aufwachten und einander im Tageslicht betrachteten. Sie kamen in der Nacht aus dem Kino und liefen Hand in Hand in das erleuchtete Bassin eines Springbrunnens, bis sie bis zur Hüfte naß waren, weil sie etwas Ähnliches in dem Film gesehen hatten. Sie liebten sich auf der Schaukel eines Kinderspielplatzes und unter einem umgestülpten Schlauchboot im Wasser eines Badesees, nicht weit vom dichtbevölkerten Strand. Nach langen Diskussionen entschlossen sie sich in ihrem ersten Sommer zu einem Urlaub in Jugoslawien. Sie campten wild und krochen jeden Tag so spät aus ihrem Zelt, daß es im Laden im nächsten Ort nichts zu kaufen gab außer

Marmelade und Zwieback, dazu tranken sie Wasser aus ihrem 5-Liter-Kanister. Eine alte Frau erbarmte sich der beiden Gestalten und brachte ihnen sonnenwarme Weintrauben, die sie gierig abzupften. Er habe ein ganz anderes Erlebnis des Sommers, des Lichts, der Hitze, jetzt, wo er Faulkner lese. Er las Faulkners *Licht im August*, den ganzen Sommer lang dasselbe Buch, dessen Seiten sich von der Sonne schon verfärbten, von den Wassertropfen wellten, dessen Umschlag von Sonnenöl fleckig war. Er sagte, er wünschte, er könnte schreiben wie Faulkner, er könnte die Hitze dieses Sommers beschreiben. Wenn er nicht las, saß er im Schneidersitz auf seinem Badetuch und schrieb in sein Notizbuch mit dem unlinierten elfenbeinfarbenen Papier, er schrieb immer mit seinem alten nachfüllbaren Füller, die schwarze Tinte trug er in einem Schraubglas mit sich herum. Sie knoteten ihr Geld und ein T-Shirt in eine Plastiktüte und hielten sie über den Kopf, während sie über den See schwammen, um in einem Restaurant am anderen Ufer das Geld auszugeben, das sie bei Zwieback und Wasser gespart hatten. Wieder zu Hause, arbeitete sie ein paar Abende in der Woche in einem Biergarten, er kam nach Mitternacht, als sie gerade ihr Portemonnaie auf die Theke leerte, mit einem frischgebügelten weißen Hemd und einer Blume, die er aus einem der Nachbargärten gepflückt hatte, und dann fuhren sie mit ihrem Motorroller zu ihr nach Hause und schoben die losen alten Matratzen in ihrem Zimmer zusammen, die immer wieder auseinanderrutschten. Zusammen mit Freunden mietete er ein altes Haus am Stadtrand, mit Kirschbaum und großem Garten. Sie arbeiteten einen Winter lang am Ausbau des Dachgeschosses, isolierten mit Glaswolle, sägten, hämmerten, strichen. Er hatte jetzt ein kleines Zimmer mit Dachschräge, in dem kaum mehr als sein großes Bett und seine Gitarren Platz fand, und eine Werkstatt im Keller. Er zog sich in den Keller zurück, begann, eine elektronische Mandoline zu bauen, die langsam aus rohen Holzblöcken Gestalt annahm und die er einem Freund schenkte, als sie fertig war. Er bastelte einen Aquarellkasten für sie, aus dunklem Edelholz, geschliffen und geleimt, mit einem Schiebedeckel, einer kleinen Rinne aus Messing zum Mischen der Farben, ein auf den Millimeter genau ausgeklügeltes Kunstwerk. Er baute ein Xylophon, dessen einzelne Schlaghölzer er in stundenlanger geduldiger Arbeit stimmte. Sie bewunderte seine Präzision, seine Geschicklichkeit, sein Durchhaltevermögen. Sein Großvater war Schreiner gewesen, das erzählte er gerne, er hatte als Kind stundenlang in der Werkstatt gestanden und ihm zugeschaut. Während er im Keller arbeitete, saß sie im Garten im Schatten des Kirschbaums und las Wittgenstein, um sich auf eine Prüfung vorzubereiten. Als er mit den anderen Hausbewohnern nach Frankreich fuhr, schickte er jeden Tag mehrere Ansichtskarten, deren Text mitten im Satz anfing und aufhörte und die sie eine nach der anderen auf ihrem Fensterbrett aufstellte.

Sonntags besuchten sie manchmal seine Eltern. Sein Vater schenkte ihr ein elektrisches Küchenmesser, ein Werbegeschenk seiner Firma. Die Mutter fragte sie auf einem Spaziergang, ob sie nicht ihr Hemd in die Hose stecken wolle, damit es nicht unter dem Pullover hervorschaue. Sie fuhren mit den Eltern zum Skifahren nach Österreich. Er saß am Steuer, auf dem Beifahrersitz saß sein Vater, und sie saß mit der Mutter auf dem Rücksitz. Er erzählte von seinen Studienplänen und daß er mit seinem Durchschnitt gute Aussichten habe, einen Studienplatz hier in R... zu bekommen, seine Mutter berichtete von seinem Freund aus Kinderzeiten, der jetzt Medizin studierte (der habe auch keinen besseren Durchschnitt als er und habe sich mehr dafür anstrengen müssen). Sein Vater fragte nach hinten, ob man denn für Philosophie auch einen Durchschnitt brauchte. Sie verneinte und ärgerte sich über die Frage, sie hätte gern gesagt, was ihr Durchschnitt gewesen war, sie hoffte, er würde es vielleicht tun. Die Mutter sagte, Psychologe, da kannst du deinen Vater vielleicht behandeln. Der Vater sagte, er kenne genug Leute, die spinnen, die Psychologen aber würden bekanntlich am meisten spinnen. Der Sohn stöhnte und sagte, die Eltern hätten eine völlig falsche Vorstellung. Er setzte zu einer Erklärung an, die Mutter unterbrach ihn: Sie würde zuerst einen Intelligenztest mit seinem Vater machen. Der Vater fragte die Freundin seines Sohnes, nach hinten gewandt, was man mit ihrem Studium denn werden könnte. Sie sah den warnenden Blick des Sohns im Rückspiegel, sie sagte, sie habe eigentlich keine Pläne. Sie wisse nur vieles, was sie nicht werden wolle. Sein Vater sagte, Hausfrau mit Bildung, auch nicht schlecht, und schickte ein Grinsen in die Richtung seines Sohnes, danach war es eine Weile still. Sie merkte, daß der Sohn immer noch versuchte, ihren Blick im Rückspiegel einzufangen, sie blickte aus dem Fenster. Sie hatte ihn nie Skifahren sehen. Er wedelte mühelos und mit geschlossenen Beinen, stäubte Schnee um sich auf, kam entspannt unten an. Sie fuhr mit halsbrecherischer Geschwindigkeit an ihm vorbei, versuchte, die Skier zusammenzuhalten, nahm einen Buckel zu spät, überschlug sich, rutschte ein Stück den Hang hinunter, mußte einen Ski abschnallen, um den anderen weiter oben zu holen. Ihre Mütze und ihr Schal waren schneeverklebt, ihr Gesicht war rot. Er stand unten und lehnte sich auf seine Skistöcke, er hatte seine Sonnenbrille nach oben geschoben und lächelte ihr entgegen. Sie putzte den Schnee von ihrer Kleidung, sie warteten auf den Lift, er griff nach dem Bügel, sie bemühte sich, das Gleichgewicht zu halten, sie sagte kein Wort. Er rief ihr am Hang Anweisungen zu, wollte ihre Haltung korrigieren, sie stellte die Beine breit und preßte die Skistöcke an den Körper, sie schoß geradewegs nach unten. Als sie am Abend in der Stube der Berghütte mit seinen Eltern zusammensaßen, der Vater breitbeinig, seinen Arm auf der Stuhllehne der Mutter, legte auch er einen Arm auf ihre Stuhllehne. Sie lehnte sich zurück und schob den Arm mit einer Bewegung ihrer Schulter von der Lehne herunter. Sie bemerkte den Blick seiner Mutter, der auf ihrem dunkelroten Pullover ruhte und dann zu dem Hemdzipfel hinunterglitt, der darunter hervorschaute. Er hatte vor dem Abendessen zu ihr gesagt, sie solle ihm den Gefallen tun und diesen Pullover (er hatte seinem Großvater gehört, sie hatte ihn aus seinem Schrank gekramt) nicht mehr tragen, weil er ihre Figur verberge. Sie: Ich kann die Stimme deiner Mutter aus diesen Worten hören. Seine Mutter legte ihr den Arm um die Hüfte und schob sie sanft in die Küche. Sie drückte ihr ein Geschirrtuch in die Hand und sagte, laß die Männer eine Weile unter sich sein. Warum bist du nur so empfindlich, sagte er später, als sie im Bett an den äußersten Rand rutschte, kannst du ihnen nicht den kleinsten Gefallen tun. Er sagte, sie könne sich ein wenig Mühe geben, sich ein kleines bißchen anpassen, nur ein paar Tage noch, dann seien sie ja wieder unter sich. Sie nannte ihn feig, sie sagte, so fängt es an, mit den kleinen Dingen, und am Ende sind wir genau wie sie, willst du das. Er sagte, was bitte schön ist denn daran so schlimm, und überhaupt, willst du, daß die Welt sich nach dir richtet, es gibt etwas, was du zu lernen hast, ein einziges Wort, das heißt: Diplomatie.

Sie schob ihr Fahrrad über die Rampe auf die eiserne Brücke, die über die Donau ging und bei dem Biergarten endete, in dem sie gearbeitet hatte. Sie wollte in sein Büro treten, ihm die Blume in die Hand drücken, mit einem Glückwunsch zum Geburtstag, sie wollte nur die Blume dalassen, die ihn in den nächsten Tagen davon überzeugen würde, daß ihr Auftauchen kein Traum gewesen war. Die

Donau floß träge unter der Brücke durch. In der Zeitung hatte sie heute gelesen, daß der Fluß nun wieder zum Schwimmen freigegeben war. Im Alter von zehn, elf, hatte er ihr erzählt, war er im Sommer mit den anderen Jungen vom Brückengeländer hinab ins Wasser gesprungen, mit dem Kopf voran. Ich habe dich sicher gesehen, sagte sie, wenn ich mit feuchten Haaren und von der Schaumwaffel klebrigen Fingern aus dem Schwimmbad kam, ich bin immer stehengeblieben und habe zugeschaut, ich habe mir damals gewünscht, ich hätte denselben Mut, aber ich traute mich nie, nicht einmal mit den Füßen voran und mit zugehaltener Nase.

Eines Nachts, als sie zu Fuß die Straße zu ihrer Wohnung hochgingen, sagte sie zu ihm, die Zeit laufe ihr davon, sie habe seit kurzem das Gefühl, das Leben zu versäumen. Sie müsse weg aus R..., sie wisse noch nicht, wohin. Sie sei nicht gewillt, die Monate und Jahre auf diese Weise verstreichen zu lassen, sie sei auch völlig ungeeignet für das lebenslange Glück zu zweit, das er ihr in seinen Monologen ausmale. Zumal er in den Zukunftsträumen, die er vor ihr ausbreite, die Hauptperson sei, sie nur als Nebenperson auftrete, als Beiwerk, als Hintergrundschmuck. Sie habe ihn einmal gefragt, was sein Traum vom Leben sei. Er habe geantwortet: Ich sitze in einem Zimmer und schreibe. Die geliebte Frau kommt zur Tür herein und bringt mir eine Tasse Kaffee. Ob er glaube, sie hätte Lust, diese Frau zu sein? In der Nacht liege sie wach und denke über die Möglichkeiten nach, die das Leben für sie bereithalte, für mich, sagte sie, in der Einzahl. Sie spreche immer nur von sich, so er, er habe nie das Wort »wir« aus ihrem Mund gehört. Sie fühle sich, im Gegensatz zu ihm, nicht berechtigt, an seiner Stelle zu sprechen, so sie. Sie sagte, wenn sie so daliege, nachts, schlaflos, ruhe sein Kopf schwer in ihrer Armbeuge. Sie habe das Gefühl, von seinem Körpergewicht festgenagelt, an jeder Bewegung gehindert zu werden. In den Worten, mit denen er sie beschreibe, könne sie sich nicht wiedererkennen. Sie sei stark. Sie sei ein Fels in der Brandung, ein Anlaufpunkt, der Ruhepol. Zu dem man kommen kann, bei dem man sich Trost holen kann, wenn die Welt es nicht gut mit einem meint. Je mehr er sie beschreibe, desto unwirklicher fühle sie sich, desto weniger wüßte sie selbst, wer sie eigentlich sei. Sie fühle sich zum Platzen voll, sagte sie, von seinen Worten, es passe nichts mehr in sie rein. Wie komme es, daß sie sich selbst immer weniger leiden könne, in seiner Gegenwart, obwohl er ihr immer wieder sage, daß sie schön sei, daß er sie liebe. Sie sagte: Ich muß weggehen, dahin, wo mich niemand kennt. Ich möchte an nichts gebunden sein, ich möchte mich völlig neu erfinden. Ich möchte etwas tun, was vor mir niemand getan hat. Er sagte befremdet, aber das ist doch Männerdenken, Egomanie, nichts als heiße Luft. Er sagte, sie müsse blind sein, wenn sie nicht sehe, daß es hier genug zu tun gebe, auch für sie. Die Vollkommenheit, von der du träumst, sagte er, gibt es nirgendwo. Du wirst dich selber im Gepäck mitschleppen, du wirst am Morgen im Spiegel auch nur dein Gesicht sehen. Du wirst dich verbrauchen, du wirst alt werden, du wirst deine Zeit vergeuden. Er erklärte ihr, daß die Frauen nicht in gleicher Weise nach Bestätigung suchten wie die Männer. Und daß sie das den Männern überlegen mache. Er sagte, er beneide die Frauen darum, daß sie in sich selber ruhten, daß sie das Leben aus sich heraus schafften, daß sie die Welt nicht verändern wollten. Von welchen Frauen sprichst du? fragte sie, von mir jedenfalls nicht. Außerdem wolle sie nicht die Welt verändern, sondern sich selbst. Viel Glück dabei, sagte er, du suchst in der falschen Richtung. Das herauszufinden, müsse er schon ihr überlassen, so sie. Sie jedenfalls wolle sich nicht ein Leben vorschreiben lassen, das nicht ihres sei. Sie wolle nicht eines Tages mit dem

Gefühl aufwachen, etwas verpaßt zu haben. Woher er eigentlich wissen wolle, was für sie gut sei, woher er sich das Recht nehme, ihr zu sagen, wer sie sei, warum er immer so tue, als habe er die Weisheit mit Löffeln gefressen. Er sagte, es gebe Sachen, die wisse man einfach, es reiche ein Funken gesunder Menschenverstand, und daß ihr Wunsch nach Veränderung nur ein hektischer Bewegungsdrang sei, könne man schwer übersehen. Egal, was sie tue, so könne sie nicht verhindern, daß sie etwas anderes verpasse. Außerdem reize sie ihn grundsätzlich zum Widerspruch. Sie sagte, ich muß etwas über mich herausfinden, ich weiß noch nicht, was. Und dazu muß ich eine Zeitlang alleine sein. Sie standen in ihrer Küche und spülten Geschirr. Er warf das Geschirrtuch in eine Ecke und ging zur Wohnungstür. Du bildest dir ein, daß du durch das Alleinsein du selber wirst, rief er, die Hand an der Klinke. Wir sind soziale Wesen, auch du, du kommst nicht um diese Tatsache herum. Es war ihr unmöglich, ihm zu widersprechen. Sie sagte trotzig, und er hörte es nicht mehr, weil er die Tür hinter sich zuknallte: Mein Traum vom Leben ist, allein in einem Zimmer. Und dann stehe ich auf und koche mir Tee.

Ich will, daß meine Eltern glücklich sind, sagte er zu ihr, da war sie schon zum Studium nach Italien gegangen, und er war sie für ein paar Tage besuchen gekommen. Ich kann sie nicht enttäuschen. Es zerreißt mir das Herz, wenn ich denke, wie sehr sie mich lieben. Ich bin der einzige Sohn, das kannst du nicht verstehen. Und deshalb, sagte sie, schickst du mich ans Telefon und läßt mich die Lüge erzählen, du seist auf irgendeinem Psychologenkongreß in Würzburg und nicht hier, bei mir, in Venedig, mitten im Semester. Er drehte sich im Bett auf den Bauch und hämmerte mit den Fäusten auf das Kissen, und sie sah ohne Mitgefühl, daß seine zusammengekniffenen Augen feucht waren. Sie sagte, sie könne wirklich nichts dafür, daß er einen Zug später angekommen sei, als er gesagt hatte. Natürlich hatte sie in R... angerufen, zuerst in seiner Wohngemeinschaft, dann bei seinen Eltern, um zu fragen, ob er denn überhaupt losgefahren sei. Freilich habe seine Mutter erstaunt reagiert. Woher hätte sie denn wissen können, daß er nicht den Mut gehabt hatte zu sagen, daß er sie ein paar Tage besuche. Er sagte, es gebe vieles, was sie nicht begreife. Er sprach in jenen Tagen viel. Von seinen Eltern, die hofften, daß er nach ihrem Bild entstünde. Ein Bild des Erfolgs, des Gelingens, des Aufstiegs. Daß sein Vater, der Lebensmittelvertreter, mit kindlicher Freude die allmähliche Verwandlung des Sohnes in einen Akademiker verfolge. Daß er hoffe, wenigstens aus seinem Sohn würde einer, der bei anderen Leuten das Sagen habe, nicht nur jedem nach dem Mund reden müsse wie er, der von Berufs wegen mit jedem gut auskommen müsse, chronisch gut gelaunt, sich ständig überall andienend. Daß die Mutter ihre feinsinnige Art in ihm wiedererkenne und hoffe, sie käme wenigstens in seinem Leben zum Blühen. Wo sie selbst in dieser Ehe mit dem um viele Jahre älteren Mann lange Zeit nicht einmal gemerkt habe, wie sehr ihre Natur leide, wie sehr sie von des Vaters polternder, besitzergreifender Art zum Schweigen gebracht werde. Jetzt lese sie, vom Vater belächelt, Werke der Weltliteratur, und er, der Sohn, habe sie dazu ermutigt. Wenn es schon Psychologie sein müsse (statt Medizin, wie sie sich gewünscht hatte), dann müsse er wenigstens etwas vorweisen können. Ihre Augen hätten so gestrahlt, als er gesagt habe, er fahre auf einen »Kongreß«. Und das schon im zweiten Semester! Sie hätten einen ersten Geschmack davon bekommen, welche unbekannte Welten er mit seinem Eintritt ins Universitätsleben kennenlernen würde. Er fragte sie, ob sie diese (zugegebenermaßen kindliche) Freude zerstören wollte. Nichts läge ihr ferner, sagte sie, sei sie nicht extra noch einmal zur Telefonzelle gegangen, habe sie nicht noch einmal bei seinen Eltern angerufen, habe sie nicht seiner Mutter vorgegaukelt, es läge ein Mißverständnis vor, sie habe sich im Datum geirrt. Es gäbe hier, bei ihr, nicht die geringste Spur von ihrem Sohn, der verfolge jetzt selbstverständlich seine Laufbahn als zukünftiger Psychologe auf einem wissenschaftlichen Kongreß, eifrig mitnotierend, wißbegierig, hoffnungsvoll. Sie habe sich selten so bescheuert gefühlt, aber seine Mutter habe mitgespielt und so getan, als kaufe sie ihr das Märchen ab. Alles sei also jetzt wieder gut, oder etwa nicht. Er lag immer noch auf dem Bett, gekrümmt wie ein kleines Kind, in Tränen schwimmend. Sie fühlte sich kalt, sie warf ihm vor, er treibe sie in diese Kälte, sie wartete ungeduldig darauf, daß er wieder abreiste. Ab und zu läuft eine Gestalt an mir vorüber, so schrieb sie ihm später in einem Brief, die mich, aus den Augenwinkeln nur, an dich erinnert. So, im Unwirklichen, Schemenhaften, kann ich mich dir nahe fühlen. An den Abenden saß sie an dem kleinen Tisch in ihrem Pensionszimmer und schrieb. Sie kaufte sich eine gebrauchte Reiseschreibmaschine. Sie tippte ihre Geschichten ins reine und legte sie in eine Mappe. Er schrieb ihr, er habe erkannt, daß der Traum vom Schriftstellerleben narzißtisch und wichtigtuerisch sei. Er habe dieses Vorhaben jetzt zu den Akten gelegt. Was für ein verstaubtes Relikt aus vergangenen Zeiten, schrieb er. Was für ein einfallsloser Versuch, sich vor dem Erwachsenwerden zu drücken. Was für ein durchschaubarer Trick, in der pathetischen Vorstellung posthumen Ruhms die Tatsache des eigenen Todes verdrängen zu wollen. Ausgerechnet in Venedig, schrieb er, fällt es dir ein, daß du eine Schriftstellerin bist. Sie sagte, sie wolle keine Schriftstellerin sein, sie wolle schreiben. Was schreibst du, fragte er. Geschichten über Menschen, die schreiben, antwortete sie. Sie schickte ihm eine Erzählung mit dem Titel *Schrift*. Kopfgeburten, stand in seinem nächsten Brief. Literatur soll sein wie Rock 'n Roll, sie muß einen Beat haben, sie muß bluten, schwitzen, sie muß Fleisch und Blut haben. Er nannte sich plötzlich *hip*. Sie war in seinen Augen *square*.

Sie war in den vergangenen zwölf, dreizehn Jahren so selten in der Stadt gewesen, daß sie Mühe hatte, den Weg zu seinem Büro zu finden. Dabei war sie schon am Sonntag hiergewesen. Da war sie aber aus einer anderen Richtung gekommen, es war dunkel gewesen. Andere hatten ihr erzählt, daß er seine Agentur in dieser alten denkmalsgeschützten Villa hatte, die mit den Fresken im Treppenhaus an einen italienischen Palazzo erinnerte und zu der außerdem ein weitläufiger Park mit einem kleinen Pavillon gehörte, um den sich allerdings niemand so recht zu kümmern schien, so daß der Park verwildert und der Pavillon baufällig waren. Das schmiedeeiserne Tor war nicht verschlossen gewesen, sie hatte sich durch das Gebüsch neben der Villa zum Park durchgeschlagen, sie hatte das Haus von außen betrachtet, sie hatte lange auf die dunklen Fenster im ersten Stock geblickt, hinter denen sie die Agentur wußte.

In einer Bar in Venedig hatte sie Piero kennengelernt, der mit seinem weiten schwarzen Umhang an der Theke stand, als sie Pfirsichsaft – *suco di pesca* – haben wollte und aus Versehen Fischsaft – *suco di pesce* – bestellte und damit die ganzen versammelten Männer zum Lachen brachte. Piero arbeitete in einer Goldschmiedewerkstatt, erzählte er, als sie im Novembernebel durch die Stadt gingen, er fertige Drachen und Dämonen, er verkaufe meist an Touristen. Piero hatte große gelbe Zähne, wenn er lachte. Darf ich Sie zu etwas Besonderem einladen, fragte er und machte einen Kratzfuß vor ihr. Er zog eine kleine Pfeife unter seinem Umhang hervor und tropfte eine zähe

Flüssigkeit aus einer dunklen Flasche auf den Tabak, sie setzten sich auf eine Bank, zogen abwechselnd an der Pfeife und hielten den Rauch lange in ihren Lungen. Sie fühlte, wie ihr schwindlig wurde. Er bot ihr seinen Arm an, schlug den Umhang um sie und führte sie zu sich nach Hause, er sagte, sie solle sich auf die Matratze legen und die Augen schließen. Ihre Zunge lag wie ein Stück rohes Fleisch in ihrem Mund, sie hatte keine Ahnung, wie sie hierhergekommen war. Piero zog sich aus und legte sich nackt neben sie, er schob eine Hand unter ihren Pullover. Sie riß die Augen auf und versuchte aufzustehen, aber ihre Gliedmaßen waren so schwer, sie gehorchten ihr nicht. Er sagte, während er sich wegdrehte, es sei in Ordnung, sie solle ganz ruhig sein. Er lebe schon seit fünf Jahren enthaltsam, er sei geübt im Verzicht. Piero wohnte unter dicken Dachbalken, in einem Lager von arabischen Teppichen und buntbestickten Kissen, in der Ecke stand eine Wasserpfeife. Er legte eine Schallplatte von Pink Floyd auf, sie dämmerte weg und dachte, sie würde sich nie wieder bewegen können, würde den Rest ihres Lebens auf dieser Matratze verbringen. Am Morgen, als sie mühsam die Augen aufschlug, sah sie als erstes seine in die Luft ragenden Beine. Er stand eine halbe Ewigkeit unbewegt im Yogakopfstand, seine langen schwarzen Haare bildeten auf dem Teppich einen großen Kreis. Es klopfte an der Tür, *vieni mamma*, rief er und ließ die Beine nach unten sinken, eine kleine weißhaarige Frau in schwarzen Kleidern kam mit einer Kanne Espresso und einem Teller mit Croissants herein. Als sie die fremde Frau im Bett ihres Sohnes erblickte, schlug sie die Augen schnell nieder und entfernte sich, etwas Undeutliches murmelnd. Lebst du mit deiner Mutter, fragte sie und stellte erleichtert fest, daß sie sich ohne Schwierigkeiten aufsetzen konnte. Er überging ihre Verwunderung, er zog einen seidenen Morgenmantel an, er stopfte seine Haschpfeife, seine Augen waren gerötet, die Fingerkuppen waren braun, sie lehnte ab, als er ihr die Pfeife reichen wollte. Sie sah ein Kinderbild an der Wand, sie deutete mit dem Croissant darauf. Mein Sohn, sagte er, er ist fünf, ein begabter Junge. Als er ihren fragenden Blick sah, fügte er hinzu, es habe nicht geklappt mit der Mutter des Kindes. Er sei nicht geschaffen für das Familienleben. Er sei nun mal ein Wilder, ein extremer Einzelgänger, er habe ein übermäßiges Bedürfnis nach Freiheit. Seine Frau habe versucht, ihn in ihre Vorstellung vom rechten Leben zu pressen. Sie habe ihm die Haare geschnitten, ihn in einen dunklen Anzug gesteckt. Er sei immer weniger geworden, er habe aufgehört zu sprechen, er sei sehr krank geworden. Warum, fragte er, sind wir nicht wie die wilden Tiere, Löwen zum Beispiel? Das Werben dient einem eindeutigen, kurzfristigen Ziel, es gibt über den Sexualakt hinaus keine überflüssige Affektion, es gibt keine Treueversprechen, die ja doch nur die Grundlage eines riesigen Lügengebäudes sind. Weil es in der Savanne keine Mammas gibt, die den Frühstückskaffee auf einem Tablett bringen, bemerkte sie. Er warf ihr vor, das habe sie in einem aggressiven Ton gesagt. Sie sagte, sie habe es nicht böse gemeint. Dann versprach sie, sie würde ihn in der nächsten Woche in der Goldschmiedewerkstatt aufsuchen und seine Dämonen und Drachen ansehen, sie verließ das düstere Haus und merkte auf der Straße, wie sie fröstelte, sie trat mit den Füßen beim Gehen fest auf, als könne sie sich damit ein Gefühl aus dem Leib stampfen, für das ihr die Worte fehlten.

Sie meldete sich für einen Italienischkurs an und lernte Dieter kennen. Er erzählte ihr in der Pause, er habe sein gutsituiertes und perfektes Leben als Ingenieur satt gehabt, er wolle endlich etwas erleben, er wolle endlich er selbst sein. *Mensch sein*, sagte er. Er habe alles hinter sich gelassen, Wohnung, Arbeit. Es gebe jetzt nichts, was ihn beschwere, er würde nicht wieder zurückkehren, er verbrauche jetzt sein angespartes Geld und sei offen für das, was das Leben noch für ihn bereithalte. Dieter war Mitte Dreißig, seine blonden Haare hatte er bis auf die Schultern herunterwachsen lassen, er hatte nette Fältchen in den Augenwinkeln, wenn er lächelte. Sie ließ sich am letzten Kurstag von ihm zum Abendessen einladen. Sie war froh, Deutsch sprechen zu können, sie hatte sich vorgenommen, Menschen zu studieren, sie wollte die Gelegenheiten nutzen. Sie saßen in seinem kleinen Zimmer am weißgedeckten Tisch, sie aßen Muscheln in Weinsoße. Sie tranken kühlen Weißwein, sie sprachen über die Stadt, über die Italiener, über das Leben, das er für sich plante, nun, da er frei sei. Als sie nach dem Essen die Espressokanne auf den Gasherd stellte, fing ein Zipfel ihrer Bluse Feuer, die Flammen schlugen an ihrem Bauch hoch, sie trat erschrocken zurück und hob die Arme, sie sah sich nach dem Wasserhahn um. Er reagierte schnell, erstickte die Flammen mit einem von der Leine gerissenen Handtuch, er zog sie auf sein frischbezogenes Bett, sie ließ es zu, daß er ihre verbrannte Bluse aufknöpfte, sie hörte ihn sagen, daß sie schön sei. Sie wehrte sich nicht dagegen, daß er ihre Brüste küßte und ihr einen kalten Gegenstand zwischen die Beine schob, sie dachte, sie sei schließlich aufgebrochen, um das Leben kennenzulernen, sie wolle die Erfahrungen nicht bewerten, sondern auf sich zukommen lassen. Mein eigener Körper, so sagte sie sich, während Dieter an ihr saugte und leckte, als Experimentierfeld, ich bin mein eigenes Versuchstier, ich bin Forscherin und Material zugleich. Sie überlegte, was für ein Gegenstand das gewesen war, den er von seinem Regal genommen hatte, etwas Schweres aus Metall, wie ein gußeisernes Geschoß. Sie wußte, als sie etwas später durch die Dunkelheit zum Anlegeplatz des Vaporettos ging, daß Dieter mit diesem Abend zufrieden sein würde, daß dieser Abend ziemlich genau nach seinen

Vorstellungen verlaufen war, daß er sich nun in seiner Überzeugung bestärkt fühlen könnte, er habe die Enge seines früheren Lebens abgestreift, er habe etwas erlebt, er habe den Geschmack der Freiheit gekostet. Merkwürdig, dachte sie staunend, daß sie menschlich sagen und männlich meinen. Als der Vaporetto kam, setzte sie sich ins Freie, die feuchte und kühle Nachtluft wirbelte ihre Haare auf. Sie wollte alles verstehen, sie fürchtete, daß mit dem zunehmenden Verstehen auch ihre Traurigkeit wachsen würde.

In der Mensa sprach Stavros sie an, ein Grieche, der in Chemie promovierte, sie gingen auf ein Glas Wein in eine überfüllte Studentenkneipe. Er sagte, er habe sie schon seit Wochen beobachtet, er habe lange geplant, sie kennenzulernen. Er blätterte vor ihr sein Adreßbuch durch, Namen in griechischen Buchstaben, die ihr nichts sagten. Er erklärte, das seien politische Persönlichkeiten, mit denen er in Kontakt stehe. Er sprach von der Zukunft, die besser sein würde als die Gegenwart, er redete sich in Eifer, er war begeistert. Sie verstand, daß er eine Mission hatte, daß er für etwas kämpfte, das größer war als er, sie beneidete ihn dafür, sie wollte etwas von ihm lernen. Sie trafen einander öfter. Er konnte Deutsch, und sie gab ihm eine ihrer Geschichten zu lesen. Er sagte, er vermisse das Licht darin, das Helle, die Hoffnung. Sie sei eigentlich, wie man sich eine Deutsche vorstelle, sie wirke traurig, und sie spreche sehr wenig. Ob sie mit ihm schlafen wolle, fragte er eines Abends. Er könne warten, sagte er, als sie nicht antwortete, er spüre nämlich, daß etwas Besonderes zwischen ihnen entstünde, etwas, das Zukunft habe, etwas, das man nicht in Zeit messen könne. Er wolle, daß sie das wisse. Sie sei für ihn nicht irgendeine Frau, sie sei, und das habe er vom ersten Moment an gespürt, als er sie in der Schlange der Mensa stehen und in einem dicken Buch lesen sah, sein

Schicksal, etwas Unausweichliches, sie sei, worauf er sein ganzes Leben lang gewartet habe, sie sei das fehlende Teil zu einem Ganzen. Er fühle sich ruhig, seit er sie kenne. Er komme heim zu ihr, er wolle, daß sie das wisse, er hoffe, daß er sie nicht erschrecke. Ich bin verlobt, log sie, die dümmste Lüge, die ihr einfallen konnte. Ich hatte keine Ahnung, sagte sie, als sie schon den Stuhl zurückgeschoben hatte und stehend die Tischplatte umklammerte, daß wieder mal alles nur in die eine, die anscheinend einzig mögliche Richtung geht. Er sah sie mit großen Augen an. Sie wußte nicht, warum sie eigentlich so aufgebracht war, warum sie das Leben plötzlich als Riesenbetrug empfand, als sei all dies, was hier passierte, nicht das Allernatürlichste. So einfach also ist es, dachte sie, immer wieder kommen wir zum selben Punkt, jedesmal führt alles zwanghaft zum selben Schluß, dies ist eine Einbahnstraße, die bei meinem Körper endet. Zwei Wochen später sah sie Stavros auf der Straße, er hatte den Arm um eine Frau gelegt. Er drehte ihr den Rücken zu und zeigte der Frau etwas in einem Schaufenster, sie hörte sein Lachen und ging weiter, mit einem Mal Erheiterung empfindend darüber, wie simpel das Leben doch war, daß es eigentlich nichts gab, was komplizierter war als das hier. Und wer sagte eigentlich, daß man gezwungen war mitzuspielen.

Sie hatte ein Zimmer in einer Familienpension auf Torcello gefunden, wo sie manchmal mit dem Hund der Wirtsleute spazierenging und an einem der ersten Tage von einem rotgesichtigen alten Weinbauern in seine Laube gewinkt wurde, der ihr Wein zu probieren gab und dann atemlos versuchte, sie auf den Mund zu küssen. Der nach einem Schlaganfall halbseitig gelähmte Padrone saß schon morgens zum Frühstück vor dem Fernseher, auf dem Quizsendungen und Staubsaugerwerbungen liefen, und wenn sie am Abend zurückkam und sich durch die Wirtsstube drückte, weil sie den strafenden Blick der Wirtin fürchtete, schien er sich den ganzen Tag nicht vom Platz bewegt zu haben. Eines Tages kam die Padrona ohne anzuklopfen in ihr Zimmer und hielt ihr mit spitzen Fingern die Unterhose entgegen, die sie nach dem Duschen im Badezimmer vergessen hatte: Denken Sie daran, Signorina, es wohnen unverheiratete junge Männer im Haus. Sie sagte nichts über die Wanzen, die aus dem Vorhang fielen, wenn sie ihn vors Fenster zog, und nichts über die Ameisen, die in einer breiten Straße über ein Stück auf dem Tisch vergessenes Brot liefen, nichts über das Wasser, das bei Regen an der Innenseite des Fensters entlangrann und in die Tapeten sickerte. Eines Tages, als sie ihr Zimmer verließ, sah sie durch eine spaltbreit geöffnete Tür, wie Daniele, der jüngere der beiden Wirtssöhne, angezogen auf einem Bett lag und dem Zimmermädchen befahl, sie solle sich vor ihm bücken. An den Nachmittagen lief sie durch die Stadt, sie ließ die Zeit verstreichen. Ab und zu setzte sie sich in ein Straßencafé, trank einen Cappuccino, sie schrieb, sie las, sie drang immer tiefer in das Gassengewirr der Stadt ein und hatte das Gefühl, sich selbst auf diese Weise näherzukommen, sie hoffte, sie stünde vor einer Art Durchbruch, vor einem entscheidenden Punkt.

Unangemeldet kam sie für ein paar Tage nach R ... , am frühen Morgen setzte ein Auto sie an der Autobahnabfahrt ab. Sie wollte ihn an ihrem neuen Leben teilhaben lassen und brachte einen jungen schwarzgelockten Italiener mit, den sie eines Nachmittags auf den Stufen einer Kirche kennengelernt hatte. Sie sagte, das ist Andrea, er fotografiert. Andrea wich ihnen nicht von der Seite, er saß lächelnd neben ihnen und richtete die Kamera auf ihre Gesichter, während sie stritten. Was willst du, er ist schwul. Das ist mir egal, er interessiert mich nicht, er geht mir auf die Nerven, er ist eine italienische Kitschfigur, will er uns auch im Bett fotografieren? Er sagte, während sie auf dem Bett lagen und rauchten, du meinst wohl, das ist die Freiheit der Künstlerin, du bildest dir wohl ein, wir sind im Film. Ich sage dir, was los ist: Dein Ehrgeiz, unkonventionell zu sein, ist durchschaubar, und weil er durchschaubar ist, ist er lächerlich. Andrea schien nicht überrascht, als sie schon am nächsten Tag sagte, komm, wir fahren. Er ließ sich zur Autobahn führen, er machte ein paar Grimassen, die sie aufmuntern sollten, er fotografierte die Autobahnauffahrt. Sie wußte, daß er die Schwarzweißfotos am nächsten Tag mit Wäscheklammern an der Leine aufhängen würde, die er durch sein fast immer abgedunkeltes Zimmer gespannt hatte, daß er nicht enttäuscht wäre von der Reise, daß für ihn, der immer merkwürdig unbeteiligt, wie abgeschnitten von der Welt wirkte, so als sei das Objektiv seiner Kamera sein einziger Berührungspunkt mit der Wirklichkeit, das Leben weder glücken noch mißglükken konnte. Sie schrieb am nächsten Tag nach R ... : In fünfzehn Jahren werde ich in den Baum vor deinem Haus klettern und durch das Fenster schauen, um zu sehen, was aus dir geworden ist. Ich werde dir zuwinken. Er schrieb: Bist du deshalb weggegangen, bist du jetzt irgendwie weiter als vorher, bist du weiter als ich, bist du der Enge der Provinz entronnen, hast du gefunden, was du suchst, gestatten, daß ich meine Diagnose mitteile, sie lautet: unheilbare Selbstsucht.

Sie zog in eine Wohngemeinschaft mit sechs italienischen Studentinnen. Sie schrieb ihm, gestern Abend, als wir zu siebt auf einem der Doppelbetten saßen und Flavia uns aus der Hand las und als ich den Druck von Rosellas Oberschenkel an meinem spürte, habe ich plötzlich gemerkt, daß ich eine Frau küssen will. Ich will begehren, nicht nur begehrt werden. Er schrieb, wo bist du gelandet, in der Vorstufe der Hölle, in einem Hexenhaus, in einem Sündenpfuhl, soll ich kommen, dich zu retten? Als er sie besuchen kam, merkte sie, wie laut seine Stimme war, wie geräuschvoll er die Türen öffnete und schloß, wie er das Frühstücksgeschirr auf den Tisch knallte. Die Italienerinnen lächelten über ihn, sie nannten ihn *Il Tedesco*, sie taten, als zuckten sie zusammen, wenn er mit lauten Schritten durch die Wohnung ging und Türen hinter sich zufallen ließ. Sie wünschte sich immer wieder, daß er die Verwandlung an ihr erkennen, daß er sie gutheißen würde, daß er die Stadt und ihr neues Leben anerkennen würde, wenn er es erst aus der Nähe betrachten könnte. Er sagte, als sie in einem Straßencafé in der Wintersonne saßen, alle Italiener sind ekelhaft. Sie tragen verspiegelte Sonnenbrillen und kratzen sich am Sack. Es gibt nichts weniger Originelles, sagte er, als deine Entscheidung, nach Italien zu gehen. Er sagte, ich ertrage es nicht, diese Sprache aus deinem Mund zu hören, Pizzabäckersprache, es ist angeberisch, es ist lachhaft, erlaube mir, daß ich lache, ich lache mich kaputt. Sie blickte zum Kanal, wo gerade Gemüsekisten von einem Lastenboot abgeladen wurden, und sagte, ich glaube, ich muß diese Italienerin küssen, ich denke an nichts anderes mehr, ich blicke heimlich durch die gerippte Badezimmertür, wenn sie duscht, ich betrachte die Slips, die sie zum Trocknen aufgehängt hat, ich drehe mich im Bett so, daß ich das glühende Ende ihrer Zigarette im Dunkeln vor dem Einschlafen sehen kann, ich höre auf das Geräusch, mit dem ihr Mund an der Zigarette saugt, ich verfluche die Tatsache, daß sie ihre Kleidung anläßt, wenn sie sich schlafen legt. Es ist schade, sagte er mit hochgezogenen Augenbrauen, daß du in deinem Verfallensein an sie so erbarmungswürdig wirkst, es hat dich banal gemacht, es steht dir schlecht, in dieser Weise verliebt zu sein. Sie schliefen miteinander, bevor er wieder abreiste, in dem viel zu weichen Bett, sie ließen kichernd das verknotete Kondom auf den Boden fallen, sie lagen nackt auf der rauhen Decke und rauchten. Er fragte, denkst du jetzt an sie, wirst du zu ihr gehen und sie küssen, wenn ich abgereist bin, wirst du dich neben sie legen? Ich muß zugeben, ich wäre gerne dabei, ich würde gerne zusehen. Ich würde gerne wissen, wie es aussieht, zwei Frauen zusammen im Bett, was machen sie miteinander, ist eine von beiden der Mann, in diesem Fall: du.

Endlich stieß sie auf die Straße, in der die Villa lag. Sie war verschwitzt, ihr Mund war trocken, sie hatte die Augen zusammengekniffen, nicht der kleinste Windhauch linderte die Mittagshitze. Als sie durch die Gartentür getreten war und die Tür öffnete, schlug ihr die angenehme feuchte Kühle des Treppenhauses entgegen. Sie hätte sich gerne das Gesicht, die Hände mit kaltem Wasser gewaschen. Die Hand, in der sie die Blume hielt, fühlte sich klebrig an. Ihre Nase kitzelte, sie hatte kein Taschentuch. Sie entdeckte eine Toilette mit Waschbecken am Ende eines dunklen schmalen Ganges, sie schloß sich ein und hielt ihre Hände unter den kalten Wasserstrahl, beugte ihren Kopf zum Wasserhahn, sie trank, gierig, sie schlürfte das kalte Wasser in sich hinein. Sie betrachtete ihr Gesicht im Spiegel, fragte sich kurz, ob er sie überhaupt noch erkennen würde, ob er sie sofort abtaxieren würde nach den Veränderungen, die die Zeit an ihrem Körper vorgenommen hatte und die sie selbst kaum wahrnehmen konnte, bis auf das kleine, fast unsichtbare Büschel grauer Haare über der Stirn. Sie wusch sich das Gesicht mit kaltem Wasser, fuhr mit den nassen Fingern durch ihre Haare. Wikkelte die Blume aus dem Papier, die schon etwas erschöpft aussah. Plötzlich hatte sie ein Gefühl wie vor einer Prüfung. Plötzlich ging es nur noch darum, sich selbst zu beweisen, daß sie nicht feig war, daß sie nicht kniff, daß sie nicht auf halbem Weg haltmachte. Sie ging die breite steinerne Treppe hoch, sie hörte aus den oberen Räumen das

Klappern von Computertastaturen, sie hörte das Klingeln eines Telefons, sie hörte Stimmen, sie hörte plötzlich seine Stimme, unverkennbar, ein Lachen hinterher, das Lachen eines Geschäftsmannes, so dachte sie, der seinen Gesprächspartner bei guter Laune halten will.

Als sie aus Venedig zurückfuhr, sagte sie ihm nicht Bescheid. Mit dem Rucksack bestieg sie den Abendzug nach Bologna. Wenn sie ihren Geldbeutel öffnete, sah sie die zu einem Ring gedrehten dunklen Haare, die ihr die Italienerin beim Abschied gegeben hatte. Sie traf am Bahnhof von Bologna einen jungen Österreicher, der auf einem kleinen Koffer saß und wie sie auf den Zug nach München wartete. Sie teilten sich ein Abteil, sie zogen die Vorhänge der Abteiltür vor, knöpften sie zu, er zeigte ihr den Inhalt seines Pappkoffers; Musikkassetten. Das einzige, was er auf Reisen brauche, außer den Kleidern, die er am Körper trage, erklärte er. Willst du hören? Er holte den Walkman aus seiner Manteltasche, legte eine der Kassetten aus dem Koffer ein und stülpte ihr den Kopfhörer über. Sie legten sich auf die ausgezogenen Sitze und knipsten das Licht aus, sie unterhielten sich lange, sie sangen *Ziggy Stardust*, erst leise, dann lauter, bis aus dem Nachbarabteil jemand klopfte, sie fingen an zu lachen, sie drehte sich plötzlich zu ihm und küßte ihn. Am Morgen tranken sie einen Kaffee am Münchner Bahnhof. Sie wußte nicht einmal, wie er hieß. Sie dachte, wenn er mir seine Adresse geben will, werde ich sagen, daß ich sie nicht will. Sie hatte in ihrem Leben schon zu viele Adressen gesammelt, die nur ein komisches Gefühl verursachten, wenn sie zufällig auf sie stieß, weil sie in den meisten Fällen wußte, daß sie sich nie wieder melden würde. Und dann nahm sie doch das Stück Fahrschein entgegen, auf das er etwas gekritzelt hatte, steckte es in ihre Jackentasche, ohne es zu lesen. Als sie es im Zug herausnahm und sah, was er mit rotem Kugelschreiber daraufgeschrieben hatte, fühlte sie sich erleichtert, sie lächelte ihrem Mitreisenden zu, einem dicken Mann mit Kniebundhose, der sich ständig mit einem Taschentuch über den Mund fuhr. Die Landschaft begann vertrauter zu werden. An den Bahnhöfen starrte sie auf die bekannten Namen der Orte, sie begriff, daß sie auf dem Weg nach Hause war, sie wußte um die Unausweichlichkeit ihrer baldigen Ankunft. Sie wollte nicht zurück. Sie wußte nicht, was sie wollte. Sie wollte etwas ganz anderes, etwas, das sie sich nicht vorstellen konnte.

Sie suchte sich eine neue Wohnung und begann damit, die Wände und die Fußböden zu streichen. Die Toilette teilte sie sich mit ihrem Nachbarn, einem jungen Physiker, der Gedichte schrieb und eine große Sammlung Opernplatten hatte, wie sie erfuhr, als er sie zu einem Kaffee einlud, sie tranken aus kleinen grünen Mokkatassen mit Goldrand. Sie sagte, sie lese keine Gedichte, sie wollte nicht, daß er ihr seine mit Schreibmaschine beschriebenen Blätter in die Hand drückte und dann gespannt neben ihr saß und auf ihre Reaktion wartete. Den Nachbarn nannte sie mit seinem Nachnamen, *Herr Zetterling*. Herr Zetterling lud sie zu Sonntagsfrühstücken ein, bei weitgeöffneten Fenstern hörten sie *La Traviata* und *Aida*. Herr Zetterling hatte eine Badewanne in seiner Küche stehen, einen mit Holz beheizbaren Boiler, sie lag in seiner Wanne im dampfenden Wasser, während er das Mittagessen kochte, Pellkartoffeln mit Zwiebel-Senf-Sauce, seine Spezialität. Er deckte weiße gestärkte Servietten auf, holte die Kristallgläser aus dem Schrank, er legte das Silberbesteck pedantisch ausgerichtet neben den Teller aus Rosenthaler Porzellan. Er sagte, seine Frau hätte diese Sachen nach der Scheidung nicht gewollt. Jetzt schlief er mit einer Studentin, deren Diplomarbeit er betreute. Einmal war sie versehentlich in die Wohnung geplatzt und hatte sich leise wieder zurückgezogen, sie hatte sich danach hundertmal entschuldigt, er hatte nur gelacht. Nun lag sie angezogen neben Herrn Zetterling auf dessen breitem Bett, die Arme unter dem Kopf, sie hörten den *Rosenkavalier*, sie sprachen nicht, sie hörte Schritte im Treppenhaus und wie jemand an ihre Tür auf der anderen Seite des Gangs klopfte. Sie lag still, bis die Schritte sich wieder entfernt hatten. Wenig später, als sie Herrn Zetterling eine gute Nacht wünschte, vermied sie, das Licht im Hausflur anzuschalten, und schlich auf Zehenspitzen zu ihrer Wohnungstür, so als fürchtete sie, daß jemand ihr auf der Treppe auflauerte.

Am nächsten Morgen stand er plötzlich vor ihr. Sie saß mit angezogenen Beinen auf dem Fensterbrett des geöffneten Fensters und rauchte eine Zigarette. Die Tür hatte sie wie immer offengelassen, so hatten sie es sich angewöhnt, Herr Zetterling und sie. Sie hatten im Treppenhaus einen kleinen Caféhaustisch und zwei Stühle aufgestellt, wo sie manchmal bei Kerzenlicht ein Glas Wein tranken, sie hatten Bilder an die Wand darüber gehängt. Sie hatten auch die gemeinsame Toilette am Ende des Flurs renoviert, den Fußboden gestrichen, blau mit grünen Punkten. Schläfst du mit diesem Zetterling, fragte er und sah aus, als hätte er die Nacht vor der Haustür verbracht. Sie warf die Zigarette aus dem Fenster. Ging betont langsam in die Küche. Nahm einen Schluck aus der Mineralwasserflasche. Er sah sich um. Wie lebt es sich in einer Aschentonne, fragte er. Er spielte auf die Wände an, die sie grau gestrichen hatte. Versuchst du, Häßlichkeitsrekorde zu brechen, fragte er. Er meinte den Küchenschrank, der von ihrer Großmutter stammte, jetzt schwarz mit einem breiten goldfarbenen Streifen. Sie sah ihn interessiert an. Er trat näher an den Küchenschrank und las, was mit rotem Kugelschreiber auf dem Papierschnitzel geschrieben stand, den sie in die Glastür geklemmt hatte, eine abgerissene Fahrkarte, hastig gekritzelte Worte. *In a world of fugitives / He who takes the opposite direction / will appear to run away*, las er mit lauter Stimme, er versuchte, ironisch zu klingen. Wow, sagte er, *T. S. Eliot*! Du hast es wirklich geschnallt, oder. Sie räusperte sich, als wollte sie etwas sagen, aber er wanderte schon weiter, zum Klavier, auf dem er die aufgeschlagenen Noten betrachtete. Schubert: *Die Forelle*. Es fiel ihm nichts dazu ein, er gab einen prustenden Laut von sich, er wandte sich ab, er steckte die Hände in die Hosentaschen und fing an zu pfeifen. Sie sagte herausfordernd, Herr Zetterling singt Bariton, er zuckte mit den Schultern. Er stellte sich vors Fenster und sah hinaus. Sie begann, die Espressokanne aufzuschrauben und Wasser hineinzufüllen. Espresso oder Cappuccino fragte sie, und sie sah seinem Rücken an, daß er damit kämpfte, einen Kommentar dazu abzugeben, etwa, ob sie ihre Weltläufigkeit unter Beweis stellen wolle, indem sie keinen ordinären Filterkaffee mehr trinke. Sie stellte die Milch in einem kleinen Topf auf den Gasherd, sie schlug die Milch mit einem Schneebesen zu Schaum. Sie füllte den Kaffee in zwei Schalen, sie goß etwas heiße Milch hinein, sie löffelte den Milchschaum darauf, sie ging zu ihm, eine Schale in der Hand, sie legte ihm eine Hand auf die Schulter. Sie sagte, hier, trink, das wird dir guttun, sie sahen einander an und prusteten los, sie hielten sich aneinander fest und lachten, bis sie keine Luft mehr bekamen. Sie lagen auf ihrem Bett, sein Kopf in ihrer Achsel. Er sagte leise, ich habe mich verändert, keine Besitzansprüche mehr ab jetzt, versprochen. Sie schlug in die Hand ein, die er ihr entgegenhielt. Dann sagte sie entschuldigend: Herr Zetterling kommt jeden Moment, wir wollen Schubert üben. Sie sah, wie er beim Gehen zu lächeln versuchte, als würde von nun an alles leicht. Er fragte nicht, wann sehen wir uns das nächste Mal, sie winkte ihm hinterher, als er im Treppenflur verschwand, sie schloß die Tür und starrte auf das zerwühlte Bett, sie biß sich auf die

Lippe, sie fragte sich, ob sie denn von allen guten Geistern verlassen war.

Es war ein Überfall, er hatte keine Wahl, er konnte sich nicht wehren. Sie trat von hinten an ihn heran, sie hielt ihm die Amaryllis vors Gesicht, er drehte sich um, erkannte sie, sprang auf, suchte in seiner Überraschung nach Worten, er sagte, Mensch, jetzt hast du mich aber kalt erwischt. Sie fühlte sich niederträchtig, als sei sie gekommen, um ihn sozusagen in flagranti bei irgendeiner Untat zu ertappen. Sie hatte erwartet, daß er anders aussah, und war erstaunt, daß der Mann, der in dem hellen und hohen Raum der Agentur vor ihr stand, ihr so vertraut war, sogar die Art, wie er jetzt seine Schultern hochzog und lachte. Er hatte sich schon wieder gefangen, jetzt müßten sie aber einen Kaffee trinken und reden, rief er, und ob sie etwas Zeit hätte. Natürlich hätte sie das, so wischte er ihr plötzliches Zögern beiseite, und er führte sie unter den neugierigen Blicken der Angestellten in die Küche, wo der Kaffee schon auf der Wärmeplatte der Kaffeemaschine stand. Er sagte, setz dich, und jetzt blieb er selber stehen, den Unterkörper an die Spüle gelehnt, während er aus seiner Hosentasche ein Paket Zigaretten holte und fragte, rauchst du noch. Sie griff nach der Zigarette, die er ihr hinhielt. Sie hatte ehrlich gesagt nicht erwartet, daß er ganz einfach nett zu ihr war, wie zu einer Freundin, die man lange nicht gesehen hat und deren plötzliches Auftauchen einen vorbehaltslos freut. Sie konnte nicht umhin zu mutmaßen, daß sein Verhalten eine unbewußte Taktik war, die sich nach so vielen Berufsjahren eingeschliffen hatte. Er wußte wahrscheinlich, daß es besser ist zu stehen, wenn der Gesprächspartner sitzt, daß man sich in einem Gespräch die Initiative nicht aus der Hand nehmen lassen darf (und wenn man es geschehen läßt, dann muß man gleich wieder das Ruder herumreißen), er wußte wahrscheinlich, wie man Freundlichkeit einsetzt, wie man sich gegen allzu Persönliches abschirmt. Falsch, dachte sie, nicht er will mir ans Zeug. Ich bin die Berechnende von uns beiden. Als sie jetzt anfing zu sprechen, um auf seine gutgelaunten Fragen zu antworten, was treibst du, wie geht es dir, da hörte sie widerwillig die Unsicherheit, die mit einem Mal aus ihrer Stimme sprach. Sie registrierte, daß die Worte, die aus ihrem Mund kamen und die ihr Leben beschreiben sollten, dünn und einstudiert klangen. Sie wohne also jetzt in Kopenhagen, hm, interessant, ob sie erklären könne, warum, und wie es ihr dort gefalle, und wie es es mit der Sprache stünde, und ob sie denn Freunde dort hätte, Bekannte wenigstens, und wie sie denn mit diesen ständigen Wechseln in ihrem Leben zurechtkäme, er habe gedacht, sie sei ganz woanders, Frankreich? ach, das sei schon so viele Jahre her!, und warum sie Finnland dann doch verlassen habe, es habe ihm eigentlich gefallen, sie sich in einem einsamen Holzhaus vorzustellen, davon habe sie doch früher immer gesprochen, und er habe wirklich gedacht, sie sei eine, die ihre Träume verwirklicht, eine Frau von Welt, während er ja, hm, in diesem Kaff hängengeblieben sei, nicht gegen seinen Willen freilich, und er möchte auch nirgendwo anders wohnen, allein die Mühe der Sprache jedesmal, der sie sich unterziehe, wie viele Sprachen sie denn inzwischen beherrsche, und immer wieder komme sie an einen Ort, an dem sie ganz von vorne anfangen müsse, ob das nicht ganz einfach mühsam sei, und er würde ja doch gerne verstehen, was sie dazu treibe, und ob sie gedenke, in Kopenhagen zu bleiben, oder ob sie bald wieder ihre Zelte abbrechen würde usw.

Er schleuderte ein Glas Rotwein an ihrem Kopf vorbei an die Wand, sie sammelte die Scherben aus der Bettwäsche. Sie nahm den schweren Spiegel von der Wand und warf ihn mit Wucht auf den Boden. Er rief, er würde aus dem

Fenster springen, jetzt, sofort. Er riß das Fenster auf, sie drehte sich um und ging ins andere Zimmer. Sie beschleunigte das Auto auf der Landstraße auf hundertachtzig, er schrie, laß mich aussteigen, sie hielt mit quietschenden Reifen an. Er verstellte ihr den Weg, er drückte sie an die Wand. Er sagte, du denkst in Schemen, schwarzweiß, ich weiß in jedem Moment, was du im nächsten sagen wirst. Du bist völlig vorhersehbar. Er nahm eine Schachtel mit Kopfschmerztabletten, er drückte die Tabletten in seinen Mund, eine nach der anderen, er leerte die ganze Schachtel, sie versuchte, seinen Mund gewaltsam zu öffnen, sie rangen miteinander auf dem Fußboden. Sie warf seine Uhr gegen den Stahlrahmen der Tür, so daß das Glas zersplitterte. Sie drückte eine brennende Zigarette gegen seinen Oberarm. Er ging wortlos, sie rannte ihm hinterher. Sie ging, er folgte ihr. Sie riefen einander an, sie legten den Hörer auf und wählten gleich danach wieder die Nummer des anderen, oder sie legten den Hörer zur Seite, so daß der andere ins Leere sprach. Sie schickte ihn weg, ein ums andere Mal. In ihr war in solchen Momenten etwas Formloses, Fühlloses, Leeres, kein Mensch, ein Ding. Es hörte die Tür ins Schloß fallen. Es putzte sich die Zähne und legte sich schlafen. Am nächsten Tag stand sie in der Küche, spülte weinend ab und stellte sich vor, daß sie noch am selben Nachmittag gehen würde, sie würde die Stadt zu Fuß verlassen und einfach weggehen, das wenige Geld, das sie hatte, in der Tasche, man hörte solche Geschichten, das Wichtigste war, daß sie wegkam, sie tippte ihren Finger mit geschlossenen Augen in den Atlas, alles, nur nicht hierbleiben, nicht hier hängenbleiben. Sie hatte schon wieder das Gefühl, daß sie hier in der Falle saß. Sie wollte aufhören, mit ihm darüber zu sprechen. Er erklärte ihr ein ums andere Mal, daß jedes Weggehen sinnlose Flucht sei, daß die Welt überall gleich sei, warum also nicht hierbleiben und das Beste daraus machen. Wenn er so sprach, war es unmöglich, ihm zu widersprechen, es klang vernünftig, ihre eigenen Argumente erschienen ihr dagegen hohl, sie drehte sich selbst im Kreis. Wie kann ich herausfinden, welche Talente ich habe, fragte sie ihn. Einmal sagte er, er habe es sich jetzt anders überlegt, sie könnte sich für eine Stadt entscheiden, er würde dann mitkommen. Sie studierten die Vorlesungsverzeichnisse verschiedener Städte, sie taten, als wären sie gut gelaunt und unternehmungslustig, sie wußte aber genau, daß sie nicht wollte, daß er mitging.

Sie sah plötzlich ein Aufglimmen in seinen Augen, ein kleines Zucken seines Mundwinkels, als versuche er ein Lachen zu unterdrücken, das tief in ihm am Entstehen war, ein Lachen, das sie durch ihre Worte ausgelöst hatte. Natürlich, dachte sie, es mußte so kommen, er muß sich lustig machen über mich, er hat keine anderen Mittel, mir beizukommen, und sie sah plötzlich ihr Leben mit seinen Augen: ein ständiges, ein unaufhörliches Weggehen von einem Ort zum anderen, eine ziellose Bewegung ohne Mittelpunkt. Es war jedoch kein Lachen, das in ihm zu explodieren drohte, er hatte sich am Rauch der Zigarette verschluckt und konnte nun nicht aufhören zu husten, und sie stand auf und klopfte ihm auf den Rücken, wofür er sich, noch hustend, bedankte. Es war ein Fehler hierherzukommen, dachte sie, ich habe mich überschätzt. In seiner Nähe schrumpft mein Leben, es erscheint mir plötzlich nichtig, alles klingt nachgeplappert, ich fühle mich wie eine Leerstelle, ein Ballon, aus dem die Luft entwichen ist.

Mitten in der Nacht hatte das Telefon geklingelt, er hatte sich schläfrig auf der Matratze herumgedreht, sie hatte abgenommen. Es war die Italienerin, wo bist du, ich bin hier, am Bahnhof. Sie sprang barfuß hinaus, startete den Motorroller, es regnete leicht, die Italienerin stand mit einem Seesack vor dem Bahnhofsgebäude, freute sich über die gelungene Überraschung. Die Italienerin hatte ihre Arme von hinten um ihren Oberkörper geschlungen, die Helme stießen beim Anfahren leicht zusammen, sie redeten beide gleichzeitig und konnten einander nicht verstehen, sie lachte glücklich. Als sie den Motorroller abstellten und in ihre Wohnung hochgingen, fragte sie, habe ich dir schon geschrieben, weißt du schon, sie rollte die Augen. Die Italienerin hatte von nichts gewußt, sie sah müde aus, fast ein bißchen gelangweilt mit einem Mal, fragte, also gut, wo kann ich schlafen. Sie zeigte ihr das Sofa in der Küche, sagte entschuldigend, er wird morgen nach Hause gehen, ich schicke ihn weg, ihr Flüstern klang plötzlich überlaut in der nächtlichen Wohnung. Die Italienerin zuckte die Achseln, gähnte und beugte sich über ihren Seesack, die langen schwarzen Haare fielen ihr vors bleiche Gesicht. Das Zimmer, in dem er ruhig atmend lag, roch nach Schlaf. Sie war aufgedreht, sie wußte nicht, wem ihr schlechtes Gewissen galt, sie konnte nicht einschlafen, er tastete nach ihr, sie rutschte näher zu ihm, flüsterte ihm ins Ohr, die Italienerin ist hier. Er wachte nicht auf, sie griff nach ihm, sie legte sich auf ihn, er öffnete seine Augen kurz, begann, sich mit ihr zu bewegen, sie hielt ihm den Mund mit der Hand zu, lauschte bewegungslos. Sie hörte Schritte aus der Küche, die Italienerin, die hin und her lief, was machte sie, hatten sie sie geweckt, war das das Geräusch einer Tür? Dann war nichts mehr zu hören, nur noch der Regen, der auf die Blätter der Bäume vor dem Fenster fiel, und sein regelmäßiger Atem, sie überlegte, was sie am nächsten Morgen zu ihm sagen würde. Sie kam sich herzlos vor, sie fürchtete, die Italienerin wäre schon wieder verschwunden, sie würde sie nie wiedersehen.

Er bat sie, in der Küche sitzen zu bleiben. Nach einer Weile kam er mit ein paar Broschüren zurück, die er auf dem Tisch ausbreitete. Er wollte ihr zeigen, womit sie hier in der Werbeagentur arbeiteten. Sie warben für elektronische Blutdruckmesser, sie machten Prospekte für ein Gartenfachgeschäft, sie sollten das Image einer alteingesessenen örtlichen Firma für Hi-Fi-Geräte aufpolieren. Er blätterte die Prospekte durch, er sagte, das also sei seine Beschäftigung, und jedes dieser Projekte liege ihm wirklich am Herzen. Er sagte, es befriedigt mich zu sehen, daß meine Arbeit eine Wirkung hat, daß sie die Wirklichkeit beeinflußt. Man braucht Einfühlungsvermögen, fuhr er fort, man muß den Menschen nahe sein, wenn man Erfolg haben will, und es geht nun einmal darum, Erfolg zu haben, man muß ihre Sprache sprechen, man muß völlig offen sein für neue Trends, man darf nicht im eigenen Saft stekkenbleiben. Er sprach mit wachsendem Eifer, er gewann mit jedem Wort an Sicherheit, meinte, sich vor ihr rechtfertigen zu müssen, ihr seine Tätigkeit so schildern zu müssen, daß sie vor ihrem Auge bestehen würde. Er hatte das Gefühl, daß sie ihn dazu bringen wollte zuzugeben, daß er sein Leben mit einer verwerflichen Beschäftigung verbrachte. Doch wenn man es genau betrachtete, war schließlich jede Arbeit verwerflich. Sie hatte es sich immer so einfach gemacht mit der Behauptung, daß für sie kein Beruf in Frage käme. Sie würde sich lieber in eine Hütte in der Einsamkeit zurückziehen, wo sie ihr eigenes Gemüse ziehen und über den Sinn des Daseins meditieren könnte. Er hatte dann gesagt, bei ihr sei bisher auch die anspruchloseste Grünpflanze (die sogenannte Sekretärinnenpflanze, von der er ihr einen Ableger gegeben hatte) eingegangen, sie könne wahrscheinlich nicht einmal eine Karotte großziehen, außerdem könne er sich vorstellen, daß sie schon nach einer Woche ohne warme Dusche bereitwillig in die verabscheute Zivilisation zurückkehren würde, und das sei nur ein kleines Beispiel für den Verzicht, den ein solches Leben ihr abverlangen würde, ganz abgesehen davon, daß das alles pures Gerede sei und er sich gar nicht darauf einlassen wolle. Wahrscheinlich also würde sie in einem Putzjob landen, sagte sie dann herausfordernd, und sie hatte genau gewußt, daß er wütend würde, sie egoistisch, zynisch und selbstverliebt nennen und ihre kühle Erklärung, sie würde sich in einem Kloster um Aufnahme bewerben, nur noch mit einer verächtlichen Handbewegung abtun würde. Hure also, Kriminelle vielleicht, seine Wut brachte sie in Fahrt, er merkte jedoch, wie sie, je länger das Gespräch ging, immer mehr Gefallen an seinem Aufgebrachtsein fand und ihm die Schuld dafür gab, daß sie wieder so weit gegangen war. Er hatte in solchen Situationen gesagt, er wolle etwas für die Menschheit tun, er glaube an den Fortschritt, an die Aufklärung, er glaube an Mitgefühl und Nächstenliebe, er glaube an das Gute im Menschen, er glaube an den ewigen Kreislauf des Menschenlebens, an die Schönheit des Alltäglichen. Sie überlegte kurz, ob sie ihm erklären sollte, hier, in der Küche seiner Werbeagentur, daß sie inzwischen längst darüber hinaus sei, die verschiedenen mehr oder weniger sinnlosen Tätigkeiten zu verurteilen, zu denen die Menschen mehr aus Zufall denn aus freier Willensentscheidung hingetrieben werden. Er hätte sicher gedacht, sie wolle sich über ihn lustig machen. Er sagte, freilich geht es für mich nicht unter einer 60-Stunden-Woche ab, die Unabhängigkeit hat ihren Preis, ich beschwere mich nicht, mein Job ist mein Leben, da gibt es nicht viel Raum für anderes, zum Glück sollte ich sagen, keine müßigen Gedanken, keine Tagträumerei, keine überfliegenden Pläne. Einmal, so fügte er hinzu und packte die Broschüren zusammen, vor ein paar Jahren, habe ich mir ein Schreibheft gekauft, du weißt, eins mit leeren Seiten, so wie wir sie damals hatten, ich habe mich an den Schreibtisch gesetzt, ich habe mir gedacht, jetzt oder nie, ich schreibe mein Buch. Irgendwo hat mich der Gedanke ja doch die ganze Zeit nicht losgelassen. Ich habe meinen alten Füller hervorgeholt, habe schwarze Tinte aufgezogen, ich habe das Heft geöffnet, meinen Namen auf die erste Seite gesetzt, und dann habe ich einen ganzen Abend dagesessen, und am Ende hatte ich nicht mehr geschrieben als einen Satz, den ersten und letzten Satz zu meinem Buch. Ich habe das Heft wieder zugeklappt und nie wieder in die Hand genommen, ich könnte es dir zeigen. Von da an war das Kapitel für mich erledigt, für immer, was für eine Erleichterung das war, was für eine unglaubliche, unbeschreibliche Befreiung. Ich habe jetzt jahrelang keine persönliche Zeile mehr geschrieben, ich bin geheilt, es ist ein paradiesischer Zustand. Ich muß nicht mehr Schriftsteller sein, was für einen unwiderstehlichen Klang das Wort für fast alle von uns hatte, wer wollte eigentlich nicht Schriftsteller werden, Ersatzheiliger, Verkünder, Messias, berühmt, begehrt, bewundert. Ich muß jetzt nichts mehr beweisen, mein Leben besteht nicht länger aus dieser überhitzten, größenwahnsinnigen Phantasie. Man kann nur eine Sache im Leben machen, und man sollte sich ihr hingeben mit Haut und Haar, so sagte er. Man muß es annehmen, wenn diese eine Sache auftaucht und Gestalt annimmt. Gut, in meinem Leben war das die Agentur. Sich in Spekulationen verlieren über das, was möglich wäre, sagte er und leerte seine Kaffeetasse, ist die schlimmste Krankheit des menschlichen Geistes, es ist tödlich, es ist das Gift, von dem die Welt durchdrungen ist, es ist die Wurzel allen Unglücks. Freilich, so fuhr er fast widerwillig fort, als sie eine Weile schweigend dagesessen hatten und sie keine Anstalten machte, das Wort zu ergreifen, habe es ihm einen Stich gegeben, als er vor nicht ganz so langer Zeit in der Zeitung Martins Bild gesehen habe, Martin, im Blitzlichtgewitter, mit einem riesigen Blumenstrauß im Arm. Martin, sagte er, unser Freund, hat es also schließlich geschafft. Es habe ihn kurz der Gedanke durchzuckt: Hätte er selbst weitergemacht, wäre er heute vielleicht auch soweit. Nun, sagte er und fuhr mit der Hand über den Tisch, als wollte er etwas wegwischen, offengestanden, ich habe meine Aufzeichnungen von früher noch einmal angesehen und mich davon überzeugt, daß sie so schlecht nicht waren. Ich hätte das Zeug dazu gehabt. Aber ich habe mich nun einmal für etwas anderes entschieden, unterm Strich kann ich froh darüber sein.

Er war mit seinen Eltern zum Skifahren nach Südtirol gefahren. Sie hatte sich vorgestellt, wie er am Steuer saß und sein Vater auf dem Beifahrersitz neben ihm, während die Mutter auf der Rückbank Platz genommen hatte. Sie hatte gehofft, in seiner Abwesenheit könnte sie wieder mit dem Schreiben beginnen. Nachdem sie lange in der Dunkelheit am Fenster gestanden und auf die hin- und herrangierenden Züge des Güterbahnhofs geschaut hatte, setzte sie sich an ihren Schreibtisch, zog ein Stück Papier heran und ließ den Füller über die weiße Fläche gleiten. Sie schrieb die Seite halb voll, sie hörte mitten im Satz auf, sie legte den Füller hin und blieb eine Weile sitzen. Dann ließ sie das Papier liegen, ab und zu fiel ihr Blick auf den Bogen mit den langgezogenen schwarzen Linien, sie vermied es, sie noch einmal durchzulesen. Sie begann, ihren Motorroller neu zu lackieren, um sich abzulenken. Zwei Tage vor seiner Ankunft nahm sie die Seite und ging in einen Kopierladen. Sie vergrößerte den Text, dann vergrößerte sie die Vergrößerung usw., bis auf den Fotokopien nur noch große schwarze Würmer zu sehen waren. Zu Hause übertrug sie die schwarzen Würmer mit Blaupause auf Holz und sägte sie aus. Sie bemalte die Holzwürmer schwarz. Sie stellte sie überall in ihrem Zimmer auf, sie lehnte sie gegen die Bücher im Bücherregal, sie stellte sie auf die Tastatur des Klaviers, sie nagelte sie an die Wand. Dann legte sie sich auf ihr Bett und schlief sofort ein. Als sie aufwachte, war es dunkel. Die Züge rangierten auf den Gleisen, die Signallampen warfen einen roten Schein in das dunkle Zimmer. Sie ging zum Wasserhahn und trank, sie konnte nicht aufhören zu trinken, sie wünschte, sie könnte trinken und trinken, bis jede einzelne Zelle ihres Körpers klar und rein wäre, bis sie eine andere wäre, bis sie endlich sie selbst wäre.

Als er sonnengebräunt aus dem Skiurlaub kam, sie schnitt gerade ihre Fingernägel über dem Spülbecken, ihre Wohnungstür stand offen, erzählte er, wie nah er sich ihr gefühlt habe, vor allem, wenn er all die anderen Paare sah, die nur noch formelhaft miteinander sprachen, daß er da gewußt habe, wie einzigartig, wie wertvoll alles zwischen ihnen sei. Sie sah ihn an, fühlte nichts, feilte ihre Nägel. Der feine Staub rieselte in das Becken. Sie hatte das Gefühl, es sei für alles zu spät, sie fragte sich, welches der erste Schritt gewesen war, der in die falsche Richtung geführt hatte. Sie sagte ihm nichts von den Texten, die von nun an entstanden, die sie nach ihrem Entstehen unmittelbar dem Verschwinden oder der Auflösung anheimgab, Texte, die geschrieben wurden, um unsichtbar zu bleiben, deren Verborgensein der einzige Grund ihrer Entstehung zu sein schien: Texte, die sie in der Erde vergrub, die sie in die Ritzen eines Baustellenzauns steckte, Texte, die sie an einen Stein band und im Fluß versenkte oder in kleine Stücke zerriß und dann von der Höhe ihres Fensters zum Güterbahnhof heruntersegeln ließ, Texte, die sie mit weichem Bleistift schrieb und danach säuberlich wieder ausradierte, getippte Textseiten, die sie mit Klebstoff bestrich und aufeinanderklebte, die beschriebene Seite nach innen, mit blauer Tinte geschriebene Texte, die sie in die grelle Sommersonne legte, bis sie ausgebleicht und unlesbar waren, Texte, die sie mit Farbe übermalte oder ein ums andere Mal überschrieb, bis man kein Wort mehr lesen konnte, Texte, vom ersten Moment mit Wasser geschrieben, und sie faltete das weiße Papier zu kleinen Booten und setzte sie im Becken eines Springbrunnens auf die bebende Wasserfläche.

Er fragte sie, wovon sie lebte. Sie sagte ausweichend, sie sei ein Mensch, der viel Zeit für sich selbst brauche, und sie ziehe es deshalb vor, Halbtagsjobs anzunehmen und mit dem wenigen Geld auszukommen, das sie mit diesen verdiene. Sie sagte, sie habe lange Zeit in der vagen Erwartung verbracht, es würde ihr eines Tages von selbst klarwerden, was denn eigentlich ihre Aufgabe sei, wie sie zu leben hätte. Ab und zu sei ihr eine Idee gekommen, was sie tun wollte, sie habe manchmal gedacht, sie sollte sich vielleicht für eine konkretere Ausbildung entscheiden, aber meistens habe eine unbestimmte Trägheit oder mangelnde Beschlußkraft sie davon abgehalten, den ersten Schritt zu tun, ganz so, als habe sie befürchtet, sich damit von sich selbst fortzubewegen, sich selbst untreu zu werden, ihre eigentliche Bestimmung zu verpassen. Ja, ich habe alle möglichen Beschäftigungen angenommen, oder eher: alle unmöglichen, sagte sie und lachte, aus der Erwägung heraus, daß ich solche Tätigkeiten niemals ernst nehmen, daß ich mich gewissermaßen hinter ihnen verstecken, sie als eine Art Tarnmantel benutzen könnte, der mir eine Art innere Reinheit lassen würde. Und ich bin süchtig nach Zeit, nach der freien Zeit, die ich niemandem schulde, die ich nach Belieben, sinn- und ziellos, ausfüllen kann. Freilich habe sie nicht verhindern können, daß trotz der vielen Freiheit, die ihr Lebensstil auf den ersten Blick mit sich bringe, ihr Leben ihr erscheine wie ein unaufhörlicher Kampf um Minuten und Stunden, daß ihre Tage vom Morgen bis zum Abend zerstückelt würden, ausgefüllt von Belanglosigkeiten und zeitraubenden Tätigkeiten, die nichts anderem dienten als der biologischen Aufrechterhaltung ihres eigenen Lebens. Sie sei ja für niemand anderen verantwortlich, sie sei an nichts anderes gebunden als an ihren eigenen Körper und die Einbildung eines Ich, so sagte sie und lachte ein wenig hilflos, die mir erlaubt – besser gesagt: mich zwingt, meinem Leben einen Zusammenhang anzudichten. Freilich habe sie manchmal (wenn auch selten) etwas wie Schönheit erfahren, sie habe sogar die Wahrheit das eine oder andere Mal aufleuchten sehen. Aber diese Erfahrungen seien brüchig. Ihr Grundgefühl dem Leben gegenüber sei Verwirrung, eine gewisse Traurigkeit. Ab und zu habe ich mein Leben mit jemandem geteilt, wie man so sagt, ich habe Männer und Frauen geliebt, ich habe mich sogar auf das Experiment des Zusammenlebens eingelassen, jedoch nur einmal und mit so geringer Überzeugung, daß ich nicht überrascht, geschweige denn enttäuscht war, als es schiefging. Freilich, je älter sie werde, desto weniger glaube sie daran, daß das Eigentliche noch eintreffen würde. Was das wäre, was sie sich darunter vorstelle, sei schwer zu sagen: einen Moment, in dem sie begreifen würde, warum sie lebe, einen Moment, in dem der Zufall und die Vergeblichkeit ersetzt würden durch Notwendigkeit und einen Zusammenhang. Sie habe ihre Bibliothek, bedingt durch ihre häufigen Umzüge, auf das Wesentliche reduziert. Sie habe nur eine Handvoll Bücher behalten, sie lese überhaupt nicht mehr viel. Sie sei sich der Vergeblichkeit ihres unaufhörlichen Abbruchs und Neuanfangs und ihres unaufhörlichen Ringens um eine endgültige Antwort bewußt, sie habe in langen Stunden des Alleinseins versucht, ihr eigenes Verhalten zu verstehen und zu seinen Wurzeln zurückzuverfolgen. Sie wäre gern zu der Einstellung gekommen, die er ihr gerade skizziert habe, doch sei ihr das, was ihr Leben auszumachen schien, immer wieder so zufällig erschienen.

Sie habe versucht, sich im Ausschlußverfahren immer mehr auf eine Art Notwendigkeit zuzubewegen, diese immer enger einzukreisen. Sie sei aber niemals an diesem Punkt angekommen, sie versuche zu akzeptieren, daß es diesen Punkt nicht gibt. Er fragte sie, und: das Schreiben? Sie sagte, sie habe nie damit aufgehört. Es seien jedoch Versuche, nichts werde fertig. Habe ich etwas geschrieben, dann muß ich am nächsten Tag noch einmal von vorne beginnen und alles von Grund auf ändern. Alles, was in einem Moment wahr erscheint, ist im nächsten Moment schon wieder unwahr, und ich kann es nicht mehr ertragen.

Er setzte sich jetzt zu ihr an den Tisch, er zog eine weitere Zigarette aus der Schachtel, die er ihr hinhielt, sie lehnte ab, er sagte, du hast recht, und steckte die Zigarette wieder in die Schachtel zurück. Er sah auf die Tischplatte, als er sprach, konzentriert, seine Stimme kam wie ein dünner scharfer Strahl aus seinem Mund. Er sagte, er wolle ehrlich sein, er wolle nichts vor ihr verbergen: Er habe in den vergangenen Jahren ein Gefühl entwickelt, das er kaum kontrollieren konnte, ein Gefühl des Triumphes, ein nahezu unheimliches, nicht nachlassendes Glücksgefühl, weil er es geschafft habe, weil er sich aus dem ideologischen Sumpf befreit habe, der sie alle auf dem Boden festgehalten habe, in einem vagen Schuldbewußtsein, das ihnen die Teilnahme an der Wirklichkeit verwehrte, weil diese grundsätzlich falsch sei und schlecht. Er habe viel gelernt von Jüngeren, die nicht so befrachtet waren wie er mit dem Ballast von Phrasen und halbverdauten Ideen, die man ihnen allen mit auf den Weg gegeben habe. Er sagte, ich bin ja nicht der einzige, nimm Klaus, mit seiner Kellerwohnung, mit seinen intellektuellen Höhenflügen, mit dem demonstrativ ungesunden, der Kunst gewidmeten Leben, mit seiner theatralischen Lebensunfähigkeit. Der hat sogar sein Studium hingeschmissen, als er die Firma gründete (mein Gott, Theaterwissenschaften und Slavistik, was haben wir nicht alle für Unsinn studiert). Der habe, wie sie ja wohl wisse, vor einigen Jahren – welche Ironie! – eine Umzugsfirma gegründet. Habe versucht, in R... Fuß zu fassen (wie so viele übrigens, die jetzt – geläutert – von ihren Ausflügen in die Welt zurückkamen), habe es aber nicht geschafft und sei jetzt wieder (widerwillig) nach Berlin zurückgekehrt. Er habe ihn kürzlich auf dem Bürgerfest gesehen, der habe jetzt wohl auch zwei Kinder, eine Frau. Wieso auch? Und du? fragte sie und verbesserte schnell, ihr? Dazu haben wir uns jetzt noch nicht durchringen können, sagte er, aber vielleicht wird es jetzt, mit fünfunddreißig, langsam Zeit dafür, man muß sich entscheiden. Entscheidungen, sagte er, es ist in gewisser Weise eine unendliche Erleichterung, wenn man diese nur noch nach finanziellen (nicht mehr nach irgendwelchen weltanschaulichen oder moralischen) Gesichtspunkten zu treffen hat. Ich mache Geschäfte, ich habe keine Überzeugungen mehr. Die Richtigkeit meiner Entscheidungen läßt sich leicht am Stand meines Kontos ablesen. Und danach zu urteilen, habe ich in den letzten Jahren nicht viele Fehlentscheidungen getroffen. Er würde, sagte er und zog dabei doch eine Zigarette aus der Packung, die er mitten im Satz anzündete, inzwischen jederzeit unterschreiben, daß Geld glücklich macht. Ich spiele mein Leben, fuhr er fort, und ich spiele es gut. Ich weiß, daß der Bereich, in dem die Fäden gezogen werden (der Bereich, in dem ich mich zunehmend bewege), aus Menschen besteht, die das Spielen perfekt beherrschen, so wie ich. Es sei ihm nun auch endlich gelungen, seinem Vater Bewunderung abzuringen, es hätte jedoch lange gedauert, bis dieser ihn ernst genommen habe in seinem beruflichen Bemühen, irgendwann, sagte er, habe er dann begriffen, daß sein Sohn Millionär sei, *Millionär*, sagte er und lachte zum ersten Mal richtig heiter, dieser Kindertraum, Dagobert mit dem Goldspeicher, wenn ich wollte, könnte ich jetzt die Arbeit aufgeben, ich könne mich zurückziehen, ich könnte tun, was ich wollte, aber es gibt nichts, was ich will, nichts, was der Leidenschaft gleichkäme, das Geld zu vermehren, diese Geldberge, die unaufhörlich wachsen. Er verkehre jetzt übrigens haupsächlich mit Menschen, die nie an der Richtigkeit einer solchen Einstellung gezweifelt hätten, deren einziges Ziel von Anfang an gewesen sei, Geld zu machen, die Bücherlesen für reine Zeitverschwendung hielten. Am Telefon würden sie sich über Börsenkurse unterhalten. Sie würde ihn vielleicht für zynisch halten, sagte er, und er gehe dieses Risiko ein, aber er sei ein Mensch, der gelernt habe, das Leben zu genießen, ein Mensch, der im Hier und Jetzt lebe, es gebe keinen Tag, den er nicht froh beginne.

Sie hatte zu Hause auf ihrem Bett gelegen und über die Zukunft nachgedacht. Herr Zetterling platzte mit einer Tasse Kaffee herein und rief, Berlin, warum gehst du nicht nach Berlin, jemand wie du muß nach Berlin. Sie packte ihre Sachen, wochenlang. Ihre kleine Schreibmaschine, ihre Bücher, auch den französischen Baudelaire-Band, dessen Rücken sie irgendwann mal, als sie einem Besucher imponieren wollte, mit Sandpapier angeschmirgelt hatte, damit er zerlesen aussah. Sie wußte, sie erwartete eigentlich nicht, daß es besser, sondern daß es anders würde. *Ich gehe nach Berlin*, rief sie jetzt fast täglich, gefragt oder ungefragt, ihrer Umwelt zu. Es war ein vollendeter, ein makelloser Satz, es war ein Satz, der nicht gesteigert werden konnte, einer der wenigen Sätze, die ihre Erklärung völlig in sich selber tragen. Er erfuhr davon schon nur noch über andere. Er suchte sie noch einmal auf, ein letztes Mal, wie er betonte, sie saßen in ihrem fast leeren Zimmer, er legte ein Bein über das andere und verschränkte die Arme hinter dem Kopf, er lehnte sich zurück und sagte, sie sei die vierte, von der er innerhalb einer Woche gehört habe, daß sie nach Berlin gehe. Es handle sich hierbei offensichtlich um eine Epidemie, den Befallenen sei etwas gemeinsam: der Drang nach Besonderheit, der so blind macht, daß man nicht mehr erkennt, wie abgeschmackt das Besondere, für das man sich entscheidet, inzwischen schon geworden ist. Er für seinen Teil bevorzuge die Unauffälligkeit. Nur nach innen könne der Mensch sich entfalten. Sie sagte, wenn er jetzt noch weiterreden würde, würde sie sich die Ohren zuhalten. Sie solle das ruhig tun, sagte er, ihn berühre ihre Entscheidung in gewisser Weise auch nicht mehr. Er sei eigentlich nur aus Neugier gekommen. Er fragte sie, ob sie denn nichts zu sagen habe, ob sie ihm denn nicht erklären wolle, was in ihr vorginge, vielleicht könne er dann verstehen, vielleicht sehe er auch alles ganz falsch. Sie griff wahllos nach dem Beipackzettel ihres Verhütungsmittels, der auf dem Tisch lag, sie faltete ihn auf und begann ihn vorzulesen, Wort für Wort. Er kippte auf dem Stuhl nach vorne, stand auf, sah sie eine Weile schweigend an, sie wußte, daß er seinen verächtlichen Gesichtsausdruck so lange wie möglich beizubehalten versuchte, sie sah ihn nicht an. Er ging wortlos, die Tür leise ins Schloß ziehend, sie knüllte das Papier zusammen und warf es auf den Tisch, es rollte über die Kante und fiel auf den Boden, sie stellte sich ans Fenster und blickte auf die roten Signallampen des Güterbahnhofs, sie stand lange, es war still, ganz einfach still, sie wünschte, sie könnte diese Stille festhalten, sie könnte in ihr verbleiben.

Als sie aus dem kühlen Treppenhaus, in dem er ihr nun die vor einigen Jahren restaurierten Wandfresken gezeigt und erklärt hatte, ins Freie trat und ihr die Hitze dieses Hochsommertages entgegenschlug, wußte sie nicht mehr, warum sie ihn eigentlich aufgesucht hatte. Sie blieb auf der Brücke stehen, sie schaute ins Wasser, sie nahm ein Stück

Papier aus der Hosentasche, das etwas feucht und zerdrückt war. Es war ein ganzseitiger Artikel aus einer dänischen Zeitung, ein Bild, auf dem sie zu sehen war, vor einigen ihrer Arbeiten, darüber die Überschrift: *Verborgene Texte*, es war eine Besprechung ihrer letzten Ausstellung. Sie zerriß den Artikel fein säuberlich, sie hielt die Papierstücke in der geballten Hand über das Brückengeländer, als wollte sie sie gleich ins Wasser segeln lassen, sie überlegte es sich anders, steckte die Papierschnitzel in ihre Hosentasche zurück und ging weiter.

Am nächsten Tag, als die Sekretärin ihm mit dem Kaffee die Post brachte, fiel ihm gleich auf, daß ein Briefumschlag darunter war, der ihre Handschrift trug. Er öffnete den Brief vor allen anderen, er schlitzte ihn säuberlich auf, er zog ein gefaltetes, vielfach geklebtes, knisterndes Stück Papier heraus, eine Seite aus einer Zeitung, die sie zerrissen und dann mit Tesafilm zusammengeklebt hatte, eine dänische Zeitung, vermutete er, etwas Skandinavisches jedenfalls, wie er auf der einen Seite sehen konnte, die Theaterkritiken und Ausstellungshinweise enthielt. Sie hatte die andere Seite mit weißer Farbe übermalt und mit Pinsel und schwarzer Tusche etwas daraufgeschrieben. Er legte das Papier vor sich auf den Schreibtisch, lehnte sich in seinem Stuhl zurück, er griff nach der Zigarettenschachtel und warf sie gleich wieder hin. Dann stand er mit einem Ruck auf, rief seiner Sekretärin zu, er würde kurz weggehen. Dieser Tag war so heiß wie der letzte. Er trug nur leichte Baumwollhosen und ein kurzärmeliges Hemd. Auf der Brücke zögerte er kurz, er schaute in alle Richtungen. Dann zog er Hemd und Hose aus, beschwerte sie mit seinen Schuhen, er stieg, nur mit der Unterhose bekleidet, auf das Geländer und ging etwas in die Knie, er nahm mit den Armen Schwung und machte einen eleganten Hechtsprung ins Wasser. Tauchte auf, schwamm mit kräftigen

Zügen ans Ufer, zog sich an der Einfassung hoch. Sah auf der anderen Seite des Flusses eine Gestalt aus dem Wasser klettern und weggehen. Sie drehte sich nicht um. Sie wurde kleiner und war schließlich ganz aus seinem Blickfeld verschwunden.

Eine Weile blieb er sitzen, mit hängenden Beinen, jemand, der ihn so sitzen sah, konnte aus einer gewissen Entfernung denken, es sei ihm etwas in den Fluß gefallen, er versuche, das Ausmaß des Verlusts zu begreifen. Käme der Beobachter näher, so würde er sehen, daß das Gesicht des Sitzenden Erleichterung ausdrückte. Worüber, das könnte der Vorübergehende freilich nicht wissen, er würde auch nicht nachfragen, er würde einfach weitergehen und den Sitzenden schnell vergessen, hätte aber den ganzen restlichen Tag das eigentümliche Gefühl, Zeuge einer besonderen Begebenheit geworden zu sein.

Eine Frau verliebt sich

And she was a hothead
(because she was a woman in love)
Laurie Anderson

Wann die Verliebtheit begann, konnte O. später nicht mehr sagen. Plötzlich war sie mittendrin, und es war schwer, sich vorzustellen, daß es eine Zeit davor gegeben haben sollte. Sie war eine Verliebte, und sie war es völlig, weil man es nur völlig oder gar nicht sein kann. Aus eigener Kraft schien sie diesen Zustand nicht beenden zu können. Die Eigenart des Verliebtseins stand ihr bei diesen Versuchen im Weg, denn es verhindert, daß der Wunsch nach dem Ende der Verliebtheit stärker werden kann als die Verliebtheit selbst, so sinnlos (oder lächerlich) diese auch ist. Aus ihrer Erfahrung wußte sie, daß Verliebtsein ein vorübergehender Zustand ist, der so unerwartet endet, wie er eingesetzt hat, und daß man rückblickend oft gar nicht mehr versteht, was das Feuer eigentlich ausgelöst hat. Sie wußte auch, daß der Kampf gegen ein Gefühl bewirkt, daß dieses stärker wird, und daß das beste ist, einen Zustand als solchen hinzunehmen und auf die Veränderung zu vertrauen, die mit fortschreitender Zeit unweigerlich eintritt. Es kann jedoch nicht behauptet werden, daß sie als Folge solcher Erkenntnisse abgeklärter oder gelassener gewesen wäre. Sie war ihrem Verliebtsein ausgeliefert, und sie wußte, daß es nicht vorübergehen würde, ehe es sich selbst verzehrt hätte.

Sie verliebte sich meistens in einem Augenblick, in dem sie am wenigsten damit rechnete. Auch war das Objekt dieser Verliebtheit in vielen Fällen ziemlich unpassend. Mehr als einmal hatte sie sich in Menschen verliebt, an denen ihr viele Eigenschaften schon aus der Entfernung als störend aufgefallen waren. Sie konnte ausschließen, daß sie an etwas so Vordergründigem wie Partnerwahl (und schon gar nicht fürs Leben) interessiert war. Sie hatte nicht das Gefühl, daß in ihrem Leben ein Mensch fehlte, mit dem sie den Alltag teilen konnte. Eher akzeptierte sie von Zeit zu Zeit etwas widerwillig, daß sie sich zu einem anderen Menschen hingezogen fühlte. Aus irgendwelchen Gründen war es dann nämlich schwer zu vermeiden, daß sie immer wieder in etwas hineinschlitterte, was man allgemein eine Beziehung zu nennen pflegt und was bei ihr meistens von kurzlebiger Natur war. Diese Tatsache bedauerte sie jedoch niemals. Meist fügte sie sich viel bereitwilliger in eine Trennung als in eine Partnerschaft (was freilich nicht bedeutet, daß sie in der konkreten Situation nicht Kummer oder Schmerz empfunden hätte). Manchmal meinte sie, das, was sie vor sich und vor anderen als Verliebtheit ausgegeben hatte, sei nur ein besonders gelungener Verführungstrick gewesen (und so gut, daß selbst sie sich davon hatte täuschen lassen), und tatsächlich gehörte sie zu den Personen, die, nachdem die Verführung erfolgreich gewesen ist, bald jedes Interesse verlieren und im Lauf der Zeit eine wachsende Gleichgültigkeit und eine damit einhergehende Gereiztheit über die Anhänglichkeit des anderen nicht mehr verbergen können. Von Berechnung konnte jedoch nicht die Rede sein. Die Täuschung über ihr eigenes Verliebtsein wirkte bei ihr selbst oft noch besser als bei den anderen. Und sie blieb nicht unberührt, wenn sie wieder einmal den schleichenden Zerfall ihres Gefühls konstatieren mußte.

War O. verliebt, so sprach sie oft absichtlich nicht darüber, um nicht den Zauber zu früh zu zerstören. Hier aber lagen die Dinge anders. Sie konnte nicht über ihren Zustand sprechen. Nicht einmal ihrer Therapeutin gegenüber erwähnte sie die Verwirrung ihrer Sinne. Fast wäre es ihr einfacher erschienen, in eine Pflanze oder ein Tier verliebt zu sein als, wie es jetzt der Fall war, in eine ihrer Schülerinnen, die nicht nur in einer festen und allem Anschein nach glücklichen und völlig zu ihr passenden Beziehung mit Zukunft lebte, welche sie sogar aus Prag hierher (und also auch an ihre Sprachenschule) geführt hatte, sondern die außerdem fünfzehn Jahre jünger war als O. und ihr so jung erschien, wie sie sich selbst gar nicht erinnern konnte, jemals gewesen zu sein. O. wußte nicht, was für sie am meisten Tabu war: das Alter, die Rollen, das Geschlecht oder daß die andere gebunden war. Wahrscheinlich war es die Kombination von all diesen Dingen, die ihr Begehren so unaussprechlich machte und es mit der Unaussprechlichkeit verstärkte, wobei die Stärke dieses so unsinnigen Begehrens wiederum ein Grund für seine Unaussprechlichkeit war, so daß alles untereinander in einem geschlossenen Kreislauf gebunden schien, aus dem sie nicht kraft Einsicht oder Entschlußkraft ausbrechen konnte. Sie wollte sie für sich gewinnen, ohne sich lächerlich zu machen, und es schien nicht ganz unmöglich, daß sie sie schon für sich gewonnen hatte, denn die junge Frau, sie hieß Hanka, zeigte unverhohlenes Interesse an O., und oft führten sie in den Pausen oder nach dem Unterricht im Unterrichtsraum lebhafte Gespräche, während die anderen Schüler im Pausenraum saßen und Kaffee tranken oder schon längst die Schule verlassen hatten. Hanka schien es nie eilig zu haben, von O. wegzukommen, sie packte ihre Tasche mit einer (fast betonten) Langsamkeit, während O. ihre Papiere sorgfältig auf dem Tisch zusammenstrich und ordnete und dann noch die Tafel wischte, was eigentlich nicht ihre Aufgabe gewesen wäre. Auf die Weise erfuhr O. vieles über das Leben von Hanka, und Hanka erfuhr vieles über ihre Lehrerin. Zufällig plante O. gerade in diesem Herbst eine Reise in den Böhmerwald, wo sie alleine wandern wollte, und sie konnte jetzt mit Hanka über eine Karte gebeugt im leeren Klassenraum stehen und sich erzählen lassen, welche Orte besonders sehenswert waren und aus welchem Grund, sie konnte sich die Namen der Orte vorsprechen lassen und dabei Hankas Mund genau beobachten, wie er die Laute formte, und dann konnte sie versuchen, sie nachzusprechen, zum Vergnügen von beiden. O. versprach Hanka, die sich wie ein Kind darüber freute, daß ihre Lehrerin sich für ihr Land interessierte, ihr eine Ansichtskarte zu schicken, und ließ sich ihre Adresse geben. Sie legte den aus dem Ringbuch gerissenen Zettel in ihren Geldbeutel. Auch ihre Telefonnummer hatte Hanka hinzugeschrieben, ohne daß die Lehrerin sie darum gebeten hätte.

O.s Gefühl Hanka gegenüber hatte zu diesem Zeitpunkt noch nicht seinen Höhepunkt erreicht. Sie hatte es interessiert und ein wenig amüsiert zur Kenntnis genommen, denn tatsächlich gab es immer mal wieder Schüler, zu denen sie sich hingezogen fühlte, eine harmlose Angelegenheit, die meistens nicht lange dauerte und in jedem Fall vorbei war, wenn die Schüler die Schule nach ein paar Monaten wieder verließen. Niemals hatte sie versucht, diesen Schülern näherzukommen. Sie betrachtete ihre leichte Unruhe eher als eine angenehme Begleiterscheinung des sonst recht trostlosen Alltags. Einmal nur war es auf einer Abschlußfeier mit einer Klasse von polnischen Aussiedlern, die nur aus Männern bestand, dazu gekommen, daß sie sich beim Tanz mit einem gewissen Marek an dessen dottergelbes Hemd schmiegte und ein paar Tränen der Rührung vergoß, die sie später mit der Menge an Wodka erklärte, zu dessen Konsum sie sich von der ausgelassenen Männerschar hatte hinreißen lassen. Marek war ein junger Bauingenieur mit blassem Gesicht, dunklen Augenringen und einem schüchternen Lächeln. Sie hatte bemerkt, wie Marek den Druck ihres Körpers erwidert und sie etwas erstaunt angeblickt hatte. Es war schon früh am

Morgen gewesen, als sie aus der Tanzbar auf die Straße traten und sich verabschiedeten. Sie nahm ein Taxi und fuhr nach Hause und war gerade dabei, ins Bett zu gehen, als sie ein Klopfen an ihrer Wohnungstür hörte. Was willst du, fragte sie Marek, der vor ihr stand, aber sie war nicht besonders überrascht über sein Auftauchen. Kann ich hier schlafen, fragte er. Ja, das kannst du, sagte sie sanft, aber nicht in meinem Bett. Marek hatte erleichtert gewirkt, als sie ihm auf dem Boden ein Lager zurechtgemacht hatte, und als sie nach wenigen Stunden Schlaf vom Wecker geweckt wurden, noch im Dämmerlicht der frühen Morgenstunden, weil O. an diesem Morgen unterrichten mußte, hatten sie sich mit müden, bleichen Gesichtern an ihren kleinen Eßtisch gesetzt und schweigend Kaffee getrunken. Beide wußten, daß diese Nacht nicht besser hätte verlaufen können. O. hatte Marek später nur noch einmal gesehen. An einer Ampel hatte neben ihr ein Auto gehupt, die Tür hatte sich geöffnet, und er hatte sie aufgefordert einzusteigen. Seine schwarzen Augenringe waren verschwunden, sein Gesicht war voller, das Lächeln sicherer geworden. Er fuhr O. ans andere Ende der Stadt, wo sie eine Verabredung hatte, er erzählte ihr, daß er endlich eine Arbeit gefunden hatte. Sie hatten keine Telefonnummern ausgetauscht, sie hatten sich ohne schlechten Nachgeschmack verabschiedet.

Als O. jetzt, es war Anfang Oktober, mit ihrem Rucksack in den Böhmerwald aufbrach, ließ sie die harmlose erotische Verwirrung, die sich an die junge Frau mit dem Namen Hanka geheftet hatte, leichten Herzens hinter sich. Freilich schien in anderer Hinsicht diese Reise ihr die Verfehlungen oder Peinlichkeiten ihres Lebens mit besonderer Stärke vor Augen führen zu wollen. Wenn sie am Tag durch den Wald wanderte, mit Hilfe ihrer Wanderkarte, zum Teufelssee und zum Schwarzbergkanal, auf neblige und schneebedeckte Berggipfel, zu Felsen, die geformt waren wie gotische Kathedralen oder wie Orgelpfeifen, da kam es vor, daß Erinnerungen nach ihr griffen und sie festhielten, so daß sie die Schönheiten der sie umgebenden Landschaft gar nicht wahrnehmen konnte. Manchmal stieß sie in rascher Folge ein »Nein, nein!« aus und stapfte schamesrot durch die Wildnis, völlig in ihren Gedanken gefangen, manchmal sogar in Laufschritt verfallend, als sei ihr jemand auf den Fersen, als müßte sie sich in Sicherheit bringen. Es war ihr Leben, das sie verfolgte. Dinge, die sie besser nicht gesagt hätte, Begegnungen, die sie besser vermieden hätte, Unehrlichkeiten, die sie vor sich und anderen als die Wahrheit ausgegeben hatte. Jede unangenehme Einzelheit ihres Lebens schien auf diesen Wanderungen an die Oberfläche zu drängen. Sie sprach wenig in den zwei Wochen. Einmal täglich ging sie in einen Lebensmittelladen und kaufte, was sie über den Tag brauchte, etwas Brot, Wurst, Käse und Obst. Sie lernte die Worte dafür aussprechen und zeigte mit den Fingern die Menge des Gewünschten an. Immer wieder bemerkte sie, wie sie nach einer solchen relativ unbedeutenden menschlichen Begegnung ein wenig besänftigt und fast guter Laune war. Sie hatte nicht damit gerechnet, daß es Anfang Oktober schon so kalt wäre. In den Nächten fiel die Temperatur unter Null, und die Blätter an den Bäumen färbten sich braun und fielen ab. Eines Nachts hatte sie ein Zimmer in einem einfachen Jugendhotel genommen, und da sie den Abend nicht in dem kalten Schlafsaal verbringen wollte, in dem alle andere Betten unbelegt waren, ging sie in die zum Haus gehörige Wirtsstube im Erdgeschoß, die in der Ortschaft als Jugendtreffpunkt galt, wie sie schnell bemerkte. Sie saß am Ende eines langen Tisches, von dem aus sie den ganzen Raum überblicken konnte, der sich bald bis auf den letzten Platz gefüllt hatte (nur um sie war eine Art Sicherheitszone, ein leerer Stuhl zu jeder Seite), bestellte eine Art Punsch, den hier fast alle tranken, und rührte mit ihrem Löffel in dem bauchigen Glas, damit der Zucker sich auflöste. Direkt ihr gegenüber saß eine blonde junge Frau, die sie entfernt an Hanka erinnerte. Sie mochte im selben Alter sein wie diese. Wie Hanka trug sie die langen Haare zu einem Pferdeschwanz zusammengefaßt. Sie hatte Jeans und einen weiten dunklen Wollpullover an und war hier mit zwei Freunden, einem Bärtigen und einem Brillenträger. Die drei tranken Bier aus Halbliterkrügen und unterhielten sich angeregt. O. versuchte, durch Beobachtung herauszufinden, ob vielleicht einer der beiden Männer der Freund der Blonden war, doch konnte sie keine vertrauliche Bewegung oder Berührung ausmachen, die darauf hätte schließen lassen. Es gab keine Anzeichen dafür, daß einer der Männer um die Frau geworben hätte oder sich vor ihr hervortun wollte, es machte O. Freude, den dreien zuzusehen, die in ihr Gespräch vertieft waren, häufig lachten und ihre Umgebung völlig zu vergessen schienen. Sie bestellte sich einen weiteren Punsch, es war bereits ihr dritter, und stocherte mit dem Löffel in ihrem Glas, um den Zucker zu zerstoßen. Als sie den Blick wieder hob, begegneten ihre Augen denen der jungen Frau. Es war, als hätte die Blonde den Moment genutzt, als O. gerade auf ihr Glas blickte, um sich für die unausgesetzte Beobachtung der allein dasitzenden Frau zu revanchieren und sie ihrerseits zu betrachten. Es geschah O. öfter, daß sie vergaß, daß sie nicht die einzige war, die sehen konnte, daß auch sie gesehen werden konnte. Manchmal hatte sie das Gefühl, sie bestünde nur aus einem Paar Augen ohne einen sichtbaren Körper. Die junge Frau saß ihr gegenüber, so daß der Blick sie unvermittelt und direkt traf. O. war so überrascht, daß sie ihm nicht standhielt, sondern gleich wieder schuldbewußt auf ihr Glas blickte. Als sie es wagte, den Kopf zu heben, schaute sie zuerst im Raum umher und richtete erst nach einer Weile wieder den Blick auf die junge Frau, die nun erneut ins Gespräch mit ihren Tischgefährten vertieft war. Doch dauerte es nicht lange, und die blonde Frau blickte wieder zu ihr herüber, O. wich dem Blick aus, und so weiter, sie bestellte einen weiteren Punsch und ließ die süße und klebrige Flüssigkeit in sich hineinrinnen, die ihr gar nicht schmeckte, sie aber wärmte, die Zeit vergehen ließ und natürlich ihr Hiersitzen rechtfertigte. Freilich auch ihr Verhältnis zur Realität aufweichte. Denn als sie nach einer Weile sah, daß die junge Frau sich von ihrem Platz erhoben hatte, um den Wirtsraum zu verlassen, da dachte sie mit klopfendem Herzen, dies sei die Aufforderung, ihr zu folgen. O. stand tatsächlich auf, verließ den Raum und wandte sich zur Toilette, wo sie die junge Frau vermutete. Was sie allerdings gesagt oder getan hätte, wäre ihr die junge Frau auf der Toilette wirklich begegnet, wußte sie nicht, sie hätte wahrscheinlich nicht einmal gewagt, ihr in die Augen zu blicken. Sie begegnete ihr aber nicht, und als sie wieder in die Wirtsstube kam, saß die junge Frau am Tisch mit dem Bärtigen und dem Brillenträger, lachte und ließ sich nicht anmerken, ob sie die Abwesenheit oder das Zurückkommen O.s registriert hatte. Diese wurde sich ihrer Lächerlichkeit bewußt, winkte dem Wirt und bezahlte. Ihr Schlafsaal war kalt und unwirtlich, der Wasserhahn tropfte, und sie konnte nur mit Mühe einschlafen. Mitten in der Nacht, nachdem sie sich schon ein paar Stunden im Bett hin- und hergedreht hatte, stand sie auf und machte sich mit einem kleinen Tauchsieder, den sie in ihrem Gepäck hatte, eine Tasse Kräutertee. Kurz bildete sie sich ein, jemand hätte an die Tür geklopft, aber das Klopfen wiederholte sich nicht. Als sie am Morgen in die Wirtsstube kam, stellte der Wirt gerade die Stühle von den Tischen zurück auf den Boden. Es gab außer ihr keinen Übernachtungsgast. Sie setzte sich auf den Platz der jungen Frau und bestellte ein Frühstück. Der Wirt legte eine ABBA-Kassette in den Kassettenrekorder ein und wischte die Tische ab. Nur der abgestandene Rauch in der Luft erinnerte an den vergangenen Abend.

An diesem Morgen glaubte O., niemals mehr in ihr altes Leben zurückkehren zu können. Sie spielte mit dem Gedanken, am Abend wieder in dasselbe Hotel zurückzukehren, sich für längere Zeit in dem Ort niederzulassen, ihre weiteren Reisepläne zu vergessen, die ja ohnehin einer reinen Willkür entsprangen. Sie könnte hierbleiben, eine Arbeit suchen, die Sprache lernen, ihr Leben ändern, nicht einmal eine Notiz an ihren Arbeitsplatz schicken. Sie wußte aber auch, daß solche Gedanken, wie sie sie beim Verlassen des Hotels beschäftigten, gefährlich waren. Sie wünschte sich Gelassenheit, sie wollte frei sein. Am besten wäre es, wenn sie ihre Wohnung und alle Sachen, die sie besaß und die sie festhielten, vergessen und einfach so weiterwandern könnte, ohne sich jemals länger als eine Nacht an einem Ort aufzuhalten. Vielleicht könnte sie durch das unaufhörliche Weiterwandern die Peinlichkeiten vermeiden, die sie immer einholten, wenn sie irgendwo längere Zeit blieb. Der Morgenfrost verwandelte sich in Nebel, der Nebel in Sprühregen, und als O. durch den Wald auf einen Berg gewandert war, sich dort auf einen Felsen gesetzt hatte, wo sie Rast machte, um dann, von einer deutschen Reisegruppe vorzeitig vertrieben, in schnellen Schritten bergab zu gehen, kam sie, nach ein paar Kilometern Wanderung auf einer eintönigen Ebene, an einem kleinen Bahnhof an, wo sie die einzige war, die auf den Zug wartete, der laut Fahrplan in einer Stunde kommen sollte. Sie suchte Schutz vor dem stärker werdenden Regen, setzte sich auf eine Bank unter dem Vordach, und als sie zwei Katzen sah, die um einen leeren Futternapf herumstrichen, gab sie ihnen den Rest von ihrem Proviant. Als der Zug ankam, der aus zwei Wagen bestand, mußte

O. feststellen, daß die deutsche Reisegruppe sich schon lärmend breitgemacht hatte. Sie setzte sich auf einen Platz am Fenster und war froh, daß sie ihre Reiselektüre in eine tschechische Tageszeitung eingeschlagen hatte, um den Umschlag zu schonen, denn so war die Gefahr, von den Deutschen angesprochen zu werden, gering. Aus den Augenwinkeln nahm O. wahr, daß die Schaffnerin in ihrer blauen Uniform ins Abteil trat. Ohne von ihrem Buch aufzublicken, griff O. mechanisch in ihre Tasche, um Geld hervorzuholen. Als die Schaffnerin vor ihr stand und O. den Blick zu ihr hob, um ihr Fahrtziel zu sagen, da blickte sie direkt in die Augen der blonden Frau von gestern abend, und es wäre nicht zu sagen gewesen, ob die junge Frau sie wiedererkannte, und diese mochte sich von O. dasselbe fragen, denn keine von beiden ließ sich etwas anmerken, und keiner der Umsitzenden konnte auch nur das kleinste Zögern in den Bewegungen der beiden Frauen wahrnehmen, als diese Geld und Fahrschein tauschten. Die Schaffnerin ging weiter, und O. wandte sich wieder ihrem Buch zu. Sie saß wie betäubt da und versuchte zu begreifen, was ihr passierte. Natürlich gab es nichts zu begreifen. Dies war ein ganz unglaublicher Zufall, ein Zufall, den man als gutes Zeichen sehen konnte, ja mußte. Sie legte sich Worte zurecht, mit denen sie die Schaffnerin ansprechen würde, wenn diese wieder an ihr vorbei ginge. Die jungen Leute hier verstehen ja alle Englisch, sie würde etwas sagen wie, warst du gestern in V..., ich habe dich gesehen, ein solcher Zufall rechtfertigte doch eine solche Bemerkung, und sie würde schnell merken, ob es sich lohnen würde, das Gespräch fortzuführen. In gewisser Weise lag ihr auch daran klarzustellen, daß sie nicht zu der deutschen Reisegruppe gehörte, die in einem Zustand der ausgelassenen Heiterkeit war, in dem sich oft Gruppen befinden, die aus lange verheirateten Ehepaaren bestehen. Es ist, als wollten sie verbergen, daß sie ihres Lebens überdrüssig geworden sind, als wollten sie beweisen, daß sie zu einer solchen Heiterkeit noch in der Lage sind. Aber jedes Wort gerät daneben, jeder Ton ist zu laut, jedes Lachen ist nahe am Schrei, so dachte O.

Während sie darauf wartete, daß die Schaffnerin zurückkäme, wurde der Zug auf einer steilen Gleisstrecke immer langsamer und blieb plötzlich stehen, und bald war klar, daß es sich um einen besonderen Zwischenfall handelte, denn sie sah die Schaffnerin draußen an ihrem Fenster vorbeigehen. Sie war mitten auf der Strecke ausgestiegen und lief wie suchend am Zug entlang, klaubte etwas vom Boden auf, bückte sich dann wieder, schien unter den Zug zu greifen, etwas dorthin zu legen. Endlich verstand O., daß die Räder bei dieser Steigung auf den feuchten Gleisen nicht mehr griffen und daß das Zugpersonal (außer der Schaffnerin ein Mann in Uniform, der Lokführer wohl) kleine Steine auf die Schienen legte, damit die Räder durch den künstlich geschaffenen Widerstand Griff bekämen. Die Schaffnerin betrat den Zug durch die vordere Tür, ohne also an O. vorbeigehen zu müssen, und blieb mit dem Rücken zu ihr an der geöffneten Tür der Fahrerkabine stehen, während der Lokomotivführer den Zug wieder in Bewegung setzte, der sich krachend und mahlend ein paar Meter vorwärts bewegte, bis er wieder stehenblieb. Die Schaffnerin sprang wieder hinaus, lief am Fenster O.s vorbei, mehrmals, ohne aufzublicken oder den Blick zur Seite zu wenden, sammelte Steine ein, legte sie vor den Rädern auf das Gleis, sprang ins Abteil zurück, worauf der Zug sich wieder ein Stück weiterbewegte, und so fort. Die Prozedur wurde mehrere Male wiederholt, und die Fahrt zog sich in die Länge. Nach der ersten Anspannung herrschte im Abteil wieder ausgelassene Heiterkeit, die Deutschen machten sich lustig über diese primitive Art, dem Zug auf die Sprünge zu helfen, und darüber, daß so etwas überhaupt notwendig war, O. aber gefiel es, daß die Fahrt auf diese Weise verlängert wurde. Sie genoß die Nähe der Schaffnerin, die sie natürlich nicht ansprechen würde, wie sie nun wußte. Sie war sich jedoch sicher, daß diese sich ihres Blicks bewußt war. Sie phantasierte sogar, die andere hätte die Unterbrechung der Reise selbst herbeigeführt, dies sei ein Versuch der Kontaktaufnahme, der allen verborgen bleiben mußte außer ihr. Es konnte ja kein Zufall sein, daß die Schaffnerin sich vor ihrem Fenster besonders lange aufhielt, daß sie dort stehenblieb und sich mit ihren Kollegen besprach, daß sie dort lachte und ihre dunkelblaue Mütze kurz abnahm, um ihre Haare zurückzuwerfen, daß sie burschikos einen Fuß aufs Gleis stellte und ihre Hand in die Hüfte stemmte. Daß sie O. dabei den Rücken zuwandte, verstand diese nicht als Abweisung, sondern als Einladung, die andere ungehindert und ohne Umschweife anzuschauen, ihre Erscheinung in sich aufzunehmen, sie sich einzuprägen, mit ihr eins zu werden. Die Blicke der beiden Frauen begegneten sich auf der restlichen Fahrt jedoch nicht mehr. Diese Nacht verbrachte O. in einer unwirtlichen Stadt in einem großen Hotel mit langen dunklen Gängen, sie aß im Speisesaal ein warmes Abendessen und bestellte hintereinander mehrere Gläser Bier, sie betrachtete am Fernseher, der von der Decke hing, einen Zeichentrickfilm und versuchte, ihre Blicke nicht durch den Raum schweifen zu lassen, in dem die Tische von ortsansässigen Männern mittleren Alters besetzt waren, die, wie sie wohl bemerkte, öfter zu ihr herüberblickten und sich wahrscheinlich fragten, was um alles in der Welt eine Frau wie sie hierher verschlagen hatte.

Als O. von ihrer Reise zurück nach Hause kam, fühlte sie sich eher erschöpft als erholt. Die letzten Tage hatte sie in einer Art hektischen Fluchtbewegung verbracht. Zuweilen setzte sie sich in Busse, ohne zu wissen, wohin sie fuhren, und schlug erst dann die Ortschaft, zu der sie auf dem Weg waren, in ihrem Reiseführer nach. Als sie zurück zur Schule kam und Hanka nach dem Unterricht wie gewöhnlich länger als die anderen im Klassenraum blieb, um ihre Tasche zu packen, wußte sie nicht mehr, ob die Schaffnerin sie an Hanka oder ob Hanka sie an die Schaffnerin erinnerte. Sie sagte, sie habe einen sehr schönen Urlaub verbracht, und die Orte, die Hanka ihr vorgeschlagen hatte, seien wirklich sehenswert gewesen. Sie sagte, dieser und jener Ort hat mir am besten gefallen, aber in einem dritten Ort waren mir zu viele deutsche Touristen, die nur über die Grenze gekommen waren, um billig einkaufen und essen zu können. So redeten sie eine Zeit, bis O. mit einem Mal Hanka fragte, warum kommst du nicht zu mir, wir können zusammen Mittag essen und uns länger unterhalten. Hanka erwiderte, das paßt gut, ich muß heute nicht zum Putzen, und als sie schon auf dem Weg waren, sagte sie, ich habe gewußt, daß du mich heute einladen wirst. Natürlich war O. über eine solche Bemerkung erstaunt. Sie machte sie auch ein bißchen nervös. Sie fragte sich, ob sie vielleicht ihre Wiedersehensfreude nicht gezügelt und während des Unterrichts nicht genug darauf geachtet hatte, daß sie Hanka nicht öfter oder länger ansah als die anderen Schüler, daß sie sie nicht öfter zum Sprechen aufforderte oder Hilfe in ihrem Blick suchte, wenn sie sich aus dem einen oder anderen Grund unsicher fühlte. In keinem Fall dürfte diese Einladung über das gebotene Maß hinausgehen und zu Vertraulichkeiten führen, die für ihr Verhältnis unpassend waren. Sie dünstete in einer Pfanne Gemüse und kochte Reis, und sie saßen an dem kleinen Eßtisch, bis es dunkel wurde. Sie hatten mehrere Stunden miteinander verbracht, ohne daß eine von ihnen Anstalten gemacht hatte, das Gespräch zu beenden. Meistens hatte Hanka gesprochen, und O. hatte zugehört, und es war sicher nicht O., die das Gespräch in die Richtung gelenkt hatte, die Hanka plötzlich einschlug, als sie, nachdem sie von ihrem Großvater und dessen Beschäftigung mit Magie und der Kabbala erzählt hatte, berichtete, sie habe sich schon immer für die ägyptische Kultur interessiert und würde wahrscheinlich Ägyptologie studieren, wenn man ihren Schulabschluß in Deutschland anerkennen würde und sie eine Aufenthaltserlaubnis bekäme, die man ihr noch immer verweigerte, weshalb sie alle paar Monate über die Grenze fahren müsse. Sie habe nun in den letzten zwei Wochen, als ihre Lehrerin nicht da war, darüber nachgedacht, welche Hieroglyphe sie ihrer Lehrerin zuordnen würde, und es müsse das Auge sein, ganz sicher das Auge. Warum, fragte O. ein wenig atemlos, weil sie dachte, sie hätte sich durch ihre Blicke verraten, und Hanka antwortete, es ist ein kompliziertes Zeichen und doch ganz einfach, und es ist voll von Zahlen und Buchstaben, und als O. verwirrt lachte, sagte Hanka noch, sie habe zu Hause ein Bild angefertigt von dieser Hieroglyphe, dem Auge, und dieses sei für O. gedacht gewesen, sie hätte aber nicht gewagt, ihr dieses mitzubringen. O. sagte, ich würde mich aber darüber freuen. Hanka berichtete, sie habe ihren Eltern von ihr, O., erzählt, und diese hätten sich erfreut gezeigt, daß sie jetzt eine Freundin hatte, sie habe aber nicht erzählt, daß O. eine Lehrerin sei, schon gar nicht die ihre, und O. fragte, was hast du denn erzählt? Daß du mit Wörtern arbeitest, und nun denken sie, du bist eine Übersetzerin oder Journalistin, und O. dachte auf einmal, sie nennt mich ihre Freundin und sie findet es unpassend, mit einer Lehrerin befreundet zu sein, oder schämt sie sich darüber, und das eine erstaunte und freute sie, und das andere verwirrte sie. Es machte ihr Zusammensitzen hier im dunkler werdenden Zimmer fast zu einer verschwörerischen Handlung, so, als hätten wir wirklich etwas zu verbergen, dachte O., und dann sagte sie, daß sie nun noch etwas arbeiten müßte, daß sie ein solches Mittagessen oder ähnliches gerne wiederholen könnten und sich jedenfalls morgen wiedersehen würden. Und Hanka ging schließlich, und O. legte zum Abschied eine Hand auf ihre Schulter und fühlte den rauhen Wollstoff ihrer Winterjacke unter den Fingern, eine harmlose Geste, die sie später jedoch erröten ließ. Sie kam sich unbeholfen und aufdringlich vor und beschloß, eine solche Berührung nie zu wiederholen.

In Wirklichkeit hatte O. nichts zu arbeiten, und wenn sie etwas zu arbeiten gehabt hätte, so hätte sie nicht gekonnt, denn sie mußte sich aufs Bett legen und jede Einzelheit des Gesprächs noch einmal durch den Kopf gehen lassen. Wenn Hanka irgendwelche Hintergedanken hätte, könnte sie solche Sachen nicht sagen, dachte sie, und doch, was Hanka zu ihr gesagt hatte, schien das Maß des in dieser Situation Angebrachten zu sprengen. Will sie mir etwas mitteilen, will sie mich aus der Reserve locken, will sie mich aufs Glatteis führen? Aber Hanka kam ja aus einem anderen Land, sie sprach in einer Sprache, die nicht ihre war, sondern die sie von ihr, O., gelernt hatte. Manchmal fühlte O., daß sie nicht das Recht hatte, persönlichen Umgang mit einem Menschen zu pflegen, aus dessen Mund die Worte kamen, die sie ihm beigebracht hatte. Natürlich durfte sie ihre Rolle nicht überschätzen. Hanka sprach ja auch mit anderen Menschen, nicht zuletzt mit ihrem Freund zu Hause, Deutsch, doch konnte O. sich noch sehr gut an den Tag erinnern, als sie Hanka zum ersten Mal gesehen und diese kaum ein Wort Deutsch gesprochen hatte. Hatte sie nicht dieses Wesen zum Sprechen gebracht? Plötzlich, es war die Wirkung der Dämmerung und des intensiven Nachmittags, an dem sie die meiste Zeit Zuhörerin gewesen war, dachte sie, sie hätte vielleicht unbewußt Hanka zu ihrem Geschöpf gemacht, aus dessen Mund die Worte kamen, die sie hören wollte, und Hanka sei zu einem Umgang mit anderen Leuten völlig untauglich geworden. Danach schlief sie ein und träumte, sie treffe die Schaffnerin mit ihrer Uniform in einem Museum für ägyptische Kunst und diese sei dort die Wächterin und trete auf sie zu, um ihr eine Frage zu stellen, doch konnte sie die Frage nicht verstehen, weil sie in einer fremden Sprache gestellt wurde. Hieroglyphen, dachte sie, es müssen Hieroglyphen sein, es sind nur Zahlen und Buchstaben, und dann berührte die Schaffnerin sie sacht am Arm und bedeutete ihr zu folgen. Sie gingen durch die verschlungenen Gänge des Museums, das schon lang geschlossen hatte, denn es war tiefe Nacht, sie immer hinter der Schaffnerin, die einen forschen Schritt hatte und sich nicht einmal zu ihr umwandte, und als O. sich plötzlich fragte, ob sie vielleicht zu ihrer Verhandlung geführt wurde und ob sie sich etwas zuschulden hatte kommen lassen, vielleicht hatte sie das Museum nicht rechtzeitig verlassen, da wachte sie auf und wunderte sich, daß sie angezogen auf ihrem Bett lag, während es draußen schon stockdunkel war. Sie stand auf und duschte, kochte sich Kaffee und suchte in ihrem Bücherregal ein Buch, das sie auf andere Gedanken bringen könnte, aber ihr Blick fiel auf eine Sammlung von Liebesgedichten, und sie zog sie heraus und blätterte darin. Sie dachte, es ist wie eine Entzündung, eine Wunde, ich kann es körperlich spüren. Sie dachte, ich habe einen Engel gefunden. Sie dachte, es ist ein Wahnsinn. Sie kam sich vor wie eine Idiotin. Sie setzte sich an ihren Schreibtisch, tippte eines der Gedichte aus dem Buch in ihren Computer, schrieb darunter: für H., druckte es aus und pinnte das Blatt an die Wand über dem Eßtisch. Sie dürfte nur nicht vergessen, es abzunehmen, wenn Hanka das nächste Mal käme. Oder sie würde es hängen lassen. Es könnte ein Zufall sein. Vielleicht wäre Offenheit auch das allerbeste. Aber es fiel ihr nichts ein, was sie sagen könnte.

Von diesem Tag an telefonierten sie fast täglich. Es war Hanka, die damit anfing. Es gab immer etwas, was sie zu fragen oder mitzuteilen hatte, und nach einer Weile schien es unbegreiflich, daß es eine Zeit gegeben hatte, in der ihr nicht am Nachmittag etwas einfiel, was keinen Aufschub duldete. Es konnte eine Frage zur Grammatik sein oder etwas Lustiges, was sie gerade gelesen und was sie an ein Gespräch mit ihrer Lehrerin erinnert hatte. Meist saß bei solchen Telefongesprächen ihr Freund im Hintergrund (sie wohnten in einer Einzimmerwohnung), der sich auf eine Prüfung an der Universität vorbereitete und dessen Stimme O. ab und zu entfernt hörte, wenn er Hankas Deutsch korrigierte. O. fand, das sei eine unerträgliche Angewohnheit. Nicht einmal sie, die doch ihre Lehrerin war, korrigierte Hanka, wenn sie sich mit ihr außerhalb der Schule unterhielt. Daß der Freund sich derart in Hankas Telefongespräche einmischte, ließ ihn in keinem besonders günstigen Licht erscheinen. Das erfüllte O. übrigens, wie sie sich eingestand, mit Genugtuung. Nicht daß sie Hanka einen unangenehmen Menschen zum Freund gewünscht hätte. Sie mußte aber zugeben, daß sie hoffte, das Unzureichende dieser Beziehung würde sich offenbaren. Sie war dankbar, daß Hanka den Namen des Freundes nicht oft erwähnte und daß sie manchmal, wenn sie mit ihm gemeinsam am Wochenende etwas unternommen hatte, sogar so davon erzählte, als wäre sie allein gewesen. Sie sagte, ich war da und da, und nicht, wir waren da und da. O. dachte, sie ist nicht glücklich mit ihm, sie will weg, sie will nicht gebunden sein, und sie horchte auch interessiert und dankbar auf, als Hanka erzählte, daß sie es unmöglich fände, ihren Freund nur wegen der Aufenthaltsgenehmigung zu heiraten, eine Lösung, die sowohl ihre Mutter als auch die Eltern ihres Freundes vorgeschlagen hatten und gegen die dieser nichts einzuwenden hatte, sie würden schließlich früher oder später sowieso heiraten. Aber, sagte Hanka, ich weiß eigentlich gar nicht, ob ich heiraten will und ob ich die Frau eines Rechtsanwalts sein will, und wenn, dann will ich das jetzt noch nicht wissen. Ab und zu erzählte Hanka lachend, sie habe sich wieder einmal eine Stunde im Badezimmer eingeschlossen. Einmal rief sie ihre Lehrerin sogar aus dem Badezimmer an, und diese wußte, daß das ihr einziger Rückzugsort in der kleinen Wohnung war. Ob derartigen Rückzügen allerdings ein Streit vorausging, wußte sie nicht. Hanka sprach im allernatürlichsten und ein wenig selbstironischen Ton davon, ließ auch manchmal durchblicken, daß ihr Freund unter ihrer Gereiztheit zu leiden habe, und O. dachte, sie liebt ihn nicht, und dann verbot sie sich jeden Gedanken in diese Richtung und wußte gleichzeitig, daß ein solches Verbot nichts helfen würde. Bei einer anderen Gelegenheit sagte Hanka von ihrem Freund, er ist der erste, der keine Angst vor mir hat. O. nickte und wußte, daß sie es sich zu einfach machte, wenn sie dieser Beziehung Mängel unterstellte. Der Freund mußte wohl ein besonderer Mensch sein, wenn Hanka mit ihm lebte. Bald kannte O. Hankas Wochenplan auswendig, sie wußte, wann diese zum Putzen oder ins Fitneß-Studio ging und wann sie sie zu Hause antreffen würde, wenn sie anrief. Doch versuchte sie, diese Anrufe so lange wie möglich hinauszuzögern, strich um das Telefon herum wie eine Katze, hoffte, Hanka würde vor ihr anrufen, und sie müßte sich keine Blöße geben. Einmal wählte O. Hankas Nummer, und als am anderen Ende jemand abnahm, hörte sie die Stimme eines Kindes. Das ist sie, das ist Hanka, dachte sie erschrocken, und es war wirklich Hanka. O. dachte, sie ist so jung, das ist verrückt, das muß ein Ende nehmen. Aber sie übertrat ja in keiner Weise die Grenzen, die ihr gesteckt waren. Keiner wußte um ihren Zustand. Sie fühlte sich innerlich wie ausgedörrt und erhitzt und meinte, man müsse es ihren Augen ansehen, daß sie ständig den

Wunsch hatte zu weinen. Doch Hanka war so unb wie zuvor. Du hast mein Leben verändert, sagte s Nachmittags am Telefon, und sie wußte nicht, was ihrer Lehrerin damit anrichtete, die den Rest des Ta ihrem Bett liegend zubrachte und nahe daran war, Hanka Böses zu unterstellen. Sie findet Gefallen daran, dachte O. Sie wünschte sich die Ausgeglichenheit von früher wieder, da sie niemanden brauchte, niemanden begehrte. Noch hatte sie die Vorstellung, den Verlauf mit ihrem Handeln beeinflussen zu können. Was müßte sie tun, um wieder frei zu sein? Es gab nur wenige ruhige Minuten am Tag. Meist wurde sie verzehrt von der Ungeduld und dem Warten aufs Wiedersehen. Rief sie an, so fürchtete sie, Hankas Freund würde abheben, und einmal warf sie bei dieser Gelegenheit den Hörer gleich wieder aufs Telefon. Manchmal, nachdem sie lange nach Vorwänden gesucht hatte und das Telefon am anderen Ende lange klingelte, ohne daß jemand abnahm, da wußte sie, es (doch was?) würde jetzt aus ihr herausbrechen, sollte Hanka doch noch unvermutet antworten. Nicht selten hatte sie das Gefühl, sie könnte keine Minute mehr warten (doch worauf?). Nur manchmal, wenn sie wußte, daß Hanka zu Hause war und daß sie diese erreichen könnte, wenn sie nur wollte, fühlte sie sich ein wenig besänftigt. Sie könnte anrufen, aber sie würde es nicht tun. Sie las ein Buch, sie fühlte sich nahezu gerettet. Es war fast, als wäre Hanka hier, mit ihr, in dieser Stille des Nachmittags. Sie berührte das Telefon im Vorübergehen, sie lächelte. Rief sie (nach langen Stunden solcher eingebildeten Standhaftigkeit) doch an, meist aus einer plötzlichen Entschlossenheit heraus, so stand sie atemlos am Telefon und hörte das Klingeln in dem Raum, den sie nicht kannte, und gleich darauf Hankas Stimme, deren kindliche Helle sie immer wieder überraschte. Ich wollte dich anrufen, sagte Hanka, aber dann habe ich es doch nicht getan. Man kann ja nicht jeden Tag anrufen. Ja, das kann man nicht, stimmte O. lachend zu, es war ein atemloses Lachen, das wieder völlig aus dem Rahmen fiel, wie sie dachte, ein monströses, deformiertes Lachen, das Lachen einer völlig Verwirrten, und dann kamen sie über eine Nebensächlichkeit, die als Vorwand für den Anruf gedient hatte, ins Gespräch. Hanka erzählte von ihrer Schwester (O. dachte, sie erzählt von ihrer Schwester und von ihrem Freund im selben Ton) und daß diese O. gern kennenlernen wolle. Sie sollten doch einmal gemeinsam nach Prag fahren. Nur wir beide, sagte Hanka, du und ich.

Hanka war nun nicht mehr in O.s Gruppe. Sie war einer anderen Lehrerin zugeteilt worden, aber da die Fenster aller Klassenräume zu einem engen Hinterhof hinausgingen, konnte O. manchmal ihre Stimme oder ihr Lachen hören, wenn sie das Fenster ein wenig öffnete. Die Möglichkeiten, Hanka zu sehen, waren nun auf die Gelegenheiten vor und nach dem Unterricht beschränkt, und O. bemühte sich, vor ihr an ihrem Arbeitsplatz zu sein, so daß sie sich sehen würden, wenn Hanka den Flur betrat. Sie bemerkte, daß Hanka auch mit der neuen Lehrerin nach dem Unterricht noch eine Weile im Klassenraum zu bleiben pflegte. Kaum konnte sie ertragen, Hanka so mit der anderen dastehen zu sehen, Zeugin zu werden, wie sie jene anblickte und mit ihr lachte, etwas aus der Tasche zog, was sie der anderen zeigte, vielleicht sogar mitgebracht hatte, eine Hieroglyphe?, fragte sich O. Es gibt keinen Unterschied zwischen mir und der anderen, dachte sie verbittert. Verließ sie das Gebäude vor Hanka, so versuchte sie, unauffällig auf diese zu warten. Sie stand eine Weile mit den anderen Schülern zusammen, die sich auf der Straße eine Zigarette anzündeten, sie bat selbst um eine Zigarette und plauderte geistesabwesend mit einer Schülerin oder einem Schüler, ließ dabei jedoch die Eingangstür nie aus dem Auge. Tauchte Hanka dann auf, nickte O. ihr wie beiläufig zu, tat manchmal sogar, als hätte sie sie nicht gesehen, beeilte sich dann aber, sich von den anderen zu verabschieden. Sie wollte Hanka auf dem Weg zur U-Bahn einholen, um endlich ein paar Worte unter vier Augen mit ihr zu wechseln. Es waren ja nur die Worte unter vier Augen, die zählten. Manchmal ging O. aber auch schon ein Stück voraus, bevor Hanka die Schule verlassen hatte, sie blieb vor einem Schaufenster stehen, bis sie Hankas Spiegelbild hinter sich erblickte, oder sie setzte sich in ein kleines Café an der Ecke, das zur Straße hin offen war, von dem aus sie den U-Bahn-Eingang überblicken konnte, wo sie jedenfalls Hanka vorbeigehen sehen würde, ihr gut gelaunt etwas zurufen könnte. Freilich mußte ihr Verhalten Hanka, die sie ja ihre »Freundin« nannte und sie sogar nach Prag eingeladen hatte, völlig unnatürlich erscheinen. O. wollte aber nur prüfen, ob Hanka so viel an ihren kleinen Gesprächen lag wie ihr. Sie wollte nicht zeigen, daß sie wartete, daß ihr ganzer Körper in Erwartung pochte, daß es unter und hinter ihrem Herzen brannte. Einmal hatte Hanka, die sich beeilte, rechtzeitig zu ihrer Putzstelle zu kommen, einen Vorsprung, der zu groß war, als daß O. ihn noch hätte aufholen können. Hanka verschwand im U-Bahn-Schacht, und O. stand oben an der Treppe und rief ihren Namen, so eindringlich rief sie den Namen, als fürchtete sie, Hanka sei plötzlich für immer verschwunden. Was ist es, was macht mich unglücklich, fragte sich O. Daß ich sie nicht immer um mich haben kann. Aber würde ich das wirklich wollen, zweifelte sie. Sie vermutete, Hanka sei im Grund ihres Herzens grausam.

Ob Hanka wußte, daß dieser schwarze Rollkragenpullover O. besonders gut gefiel, ob sie ihre Garderobe für sie auswählte? Ob sie am Morgen das Büro betrat, um der

Schulleiterin gegenüber ein Anliegen vorzubringen, weil sie wußte, daß O. mit einem Becher Kaffee am Lehrertisch stand und sie nicht übersehen könnte? Ob sie deshalb nun manchmal entgegen ihrer Gewohnheit in den Pausen im Pausenraum auftauchte, weil O. dort mit den anderen stand und sich unterhielt, da sie ja nicht jeden Tag wie zufällig Hankas Klassenraum betreten konnte? Ob Hanka bemerkte, daß O. jetzt immer eine andere Toilette benutzte als früher, weil sie auf dem Weg dorthin an Hankas Klassenraum vorüberkommen mußte und einen Gruß hineinrufen konnte? Manchmal trafen sie aufeinander, beide atemlos, in der Mitte des Ganges, eilig, fast gehetzt, und jede hatte etwas dabei, was sie der anderen zeigen wollte. Hanka hatte einen Text mitgebracht und fragte, was bedeutet dieser Ausdruck hier (sie fragt mich, dachte O. triumphierend, und nicht die andere), O. hatte eine Zeitung in der Hand, kannte Hanka diesen tschechischen Dichter? Dann gesellte sich O. manchmal beiläufig zu Gesprächen hinzu, wenn Hanka mit anderen Schülern im Flur stand. Mit einer Russin sprach Hanka gerade über die französische Sprache, über Paris. Die Russin, die über das Wochenende dort gewesen war, erzählte, sie hätte sich hilflos gefühlt, ohne die Fähigkeit, sich zu verständigen, und der einzige Satz, den sie schon zu Hause gelernt hatte, sei dieser gewesen, *Voulez-vous coucher avec moi?*, und dann lachte sie. O. verdrehte die Augen, sie verstand nicht, wie Hanka mit dieser einfältigen Russin so vertraulich sein konnte, und Hanka, die nicht Französisch sprach, bat O., sie möge den Satz doch übersetzen, worauf diese sich erst wand, sich zu retten versuchte, in plötzlicher Entschlossenheit Hanka dann in die Augen schaute und die Frage übersetzte, und Hanka lachte und drehte ihr Gesicht weg und sagte, schön. Die Russin fragte verständnislos, warum schön, und O., die plötzlich meinte, eine Verstörtheit an Hanka wahrzunehmen, die nur sie beide verstehen konnten, versuchte die Situation zu retten, indem sie anfing, von Paris zu schwärmen, von den Museen, der Architektur, den Cafés, wandte sich an Hanka mit der Frage, Warst du schon in Paris? und dachte im selben Moment: Möchtest du mit mir nach Paris fahren? Hankas Antwort, sie liebe weder Frankreich noch die französische Sprache, erschien ihr barsch und wie eine persönliche Zurückweisung (sie dachte gekränkt, schließlich versuche ich ja auch alles zu lieben, was sie liebt...). Jeden Tag war O. nur ein solch flüchtiges Zusammentreffen vergönnt, bevor der Nachmittag begann und das Warten auf den nächsten Tag. Jeden Tag erschien Hanka ihr glänzender, schöner. Jeden Tag schien O. sich mehr in dieser Verliebtheit aufzulösen und ohne sie gar nichts mehr zu sein. Immer wieder ging sie mit dem Vorsatz zur Schule, sich von Hanka fernzuhalten und darauf zu warten, daß diese auf sie zukäme, doch ihre Aufmerksamkeit richtete sich ausschließlich auf Hanka. Wo diese sich gerade befand, ob sie sie sehen könnte, ob sie, wenn sie sich in ihrer Nähe aufhielt, in ihrer Nähe bliebe usw. Einmal erzählte Hanka ihr mit Tränen in den Augen, sie habe es nun satt mit der Ausländerbehörde. Man wolle ihr keine Aufenthaltsgenehmigung bewilligen, weil man die Sprachenschule nicht als richtige Schule anerkenne. Sie ziehe deshalb ernsthaft in Erwägung, zurück nach Prag zu gehen. O. versuchte, sich nichts anmerken zu lassen. Dabei dachte sie in dem Moment, wie kann sie, wo es doch mich gibt, mit einem solchen Gedanken spielen. Gleichzeitig übte sie sich in der Rolle der älteren Freundin und bestärkte Hanka, auf die Stimme ihres Herzens zu hören und die Entscheidung zu treffen, die für sie und ihr Leben am besten sei. Sie wünschte, Hanka hätte die versteckte Botschaft und Aufforderung verstanden, auch in der Angelegenheit, die sie beide anging, auf dieses Herz zu hören. O. begriff nur selbst zu gut, daß ihre Wahrnehmung völlig einseitig war. In jeder von Hankas Bewegungen und

Bemerkungen versuchte sie ein Zeichen zu sehen, welches diese ihr übermitteln wollte, eine geheime Nachricht, die erlösende Antwort. Klingelte es an ihrer Haustür, so erwartete sie Hankas Überraschungsbesuch, aber es war natürlich wieder nur der Postbote, der ein Paket für den Nachbarn hatte, oder ein Jugendlicher, der Werbesendungen im Hausflur ablegen wollte. Noch hatte sie nicht von Hanka geträumt. Sie wünschte, sie könnte von Hanka träumen, damit sie sich auch im Schlaf nicht mehr von ihr trennen mußte. Sie haßte es, wenn sie sich mit etwas beschäftigen mußte, das sie davon abhielt, an Hanka und nur an Hanka zu denken. Die Welt schien ihr wie ein häßliches Geräusch, das sie von ihrer Liebe ablenkte. Und Hanka verstand es, ihren täglich fester gefaßten Beschluß, sie würde jetzt Schluß machen mit diesem entwürdigenden Spiel, immer wieder zu durchkreuzen, indem sie in einem Augenblick anrief, in dem O. meinte aufatmen, sich von ihrem Aufruhr erholen zu können, um dieser zum Beispiel zu sagen, ich wünschte, du wärest hier, ich wünschte, du wärest in meiner Nähe. Dann erzählte sie, sie backe gerade eine Torte für ihren Freund, der morgen Geburtstag habe, und sie sagte beiläufig, sie würde nächste Woche nicht dasein, und O. dachte, das ist ja nicht möglich, das ist ja lächerlich, ich habe das Gefühl, als müßte ich zusammenbrechen.

Die Woche, in der Hanka nicht da war, überstand O. wie eine schwere Krankheit. Sie suchte nach Auswegen, nach Ablenkungen. Sie versuchte, Bücher zu lesen, die Gelassenheit vermitteln sollten, aber sie landete doch immer wieder bei Büchern, die von der Liebe, von einer verzehrenden und sinnlosen Leidenschaft, von geheimen Liebschaften, von unausweichlichen Begegnungen handelten. Diese Krankheit gehörte nicht nur ihr allein, auch andere konnten davon befallen werden, stellte sie verwundert fest. Ihr war, als würde sie jetzt erst die Symptome der Liebe verstehen, die in Büchern beschrieben werden. Sie zog das Telefon aus dem Stecker, weil sie nicht ständig auf einen Anruf warten wollte, der doch nicht kam. Sie wollte inneren Abstand suchen und war doch pausenlos damit beschäftigt zu überlegen, wie sie Hanka in nächster Zukunft außerhalb der Schule treffen könnte. Nach ein paar Tagen hatte sie einen Einfall, der die Zeichen ihrer Krankheit trug und sie doch den Rest der Woche fast bei guter Laune halten konnte. Der Gedanke beflügelte sie. Am liebsten hätte sie ihn Hanka gleich mitgeteilt. Sie wurde übermütig und bekam plötzlich die unsinnige Idee, ihre Telefonnummer zu wählen. Hanka war mit ihrem Freund nach Prag gefahren. O. wollte nur das Telefon in der leeren Wohnung klingeln lassen und sich dabei vorstellen, wie das Läuten in jede Ritze des leeren Raumes drang und ihre zärtliche Liebkosung in ihn einschrieb. Während sie in Gedanken verloren am Telefon stand, nahm am anderen Ende jemand den Hörer ab, und sie hörte die Stimme von Hankas Freund, der sich wie immer mit seinem Nachnamen meldete. Wie sachlich diese Stimme war, wie sie versuchte, Erwachsensein zu demonstrieren. Vom Schock war O. kurz wie gelähmt, dann warf sie den Hörer auf die Gabel, wie sie es früher schon einmal gemacht hatte. Sie stand da und starrte auf das Telefon, als erwartete sie, daß es gleich klingelte und alles aufgeklärt würde. Daß man sie entdeckt, ertappt, überführt hätte. Wenn Hanka sie nicht vorsätzlich belogen hatte, dann hatte wohl etwas ihre ursprünglichen Pläne durchkreuzt, und sie war allein nach Prag gefahren. Von ihrer letzten Reise hatte O. noch die Telefonnummer von Hankas Mutter in ihrem Geldbeutel. Wenn du eine Übernachtung suchst, hatte Hanka gesagt. O. hatte das Angebot natürlich nicht in Anspruch genommen. Jetzt suchte sie diese Nummer hervor, sie begann mit klopfendem Herzen zu wählen. Eine Weile kämpfte sie gegen den Impuls, den Telefonhörer gleich wieder aufzulegen, dann klickte es am anderen Ende der Leitung, und eine Frauenstimme sagte etwas, das sie nicht verstand. Sie legte auf. Es konnte Hankas Mutter oder Großmutter gewesen sein. Aber sie hatte weder den Namen verstehen können noch was die Frau gesagt hatte. Vielleicht war sie überhaupt bei der falschen Nummer gelandet, hatte sich verwählt, sie wußte es nicht. Sollte sie nun in dieser schrecklichen Unsicherheit die nächsten Tage verbringen, oder sollte sie noch einmal, vielleicht in ein paar Stunden, mit geheuchelter Unschuld Hankas Freund anrufen? Sie würde anrufen und nach Hanka fragen. So wollte sie es machen, in etwa drei Stunden, sagte sie sich und legte sich mit einem Buch aufs Bett, um sich die Zeit bis dahin zu vertreiben. Plötzlich klingelte das Telefon. Hankas Freund war am anderen Ende. Hanka hat mich gebeten, bei dir anzurufen, sagte er. Ich soll fragen, ob du vielleicht gerade versucht hast, in Prag anzurufen. Nein, sagte O. und versuchte, nicht zu atmen, das habe ich nicht, warum. Nur so, sie hat gedacht, du könntest es gewesen sein. Nein, sagte O. Ich habe nicht einmal ihre Telefonnummer in Prag. Und, ist sie in Prag, tatsächlich, daran habe ich gar nicht gedacht. Sie war stolz auf ihre Geistesgegenwart, als sie auflegte, und gleichzeitig fürchtete sie, sie hätte zu viele Worte gemacht und sich dadurch verraten. Sie verbrachte die nächsten Stunden damit, sich vorzustellen, was vorgefallen war. Das Telefon hatte bei dem Freund geklingelt. Er hatte vielleicht auf Hankas Anruf gewartet und gedacht, etwas sei in die Leitung gekommen. Und Hankas Mutter oder Großmutter hatte nach O.s Anruf zu Hanka gesagt, das war dein Freund, sicher, er hat versucht, dich zu erreichen. Die beiden Verliebten (so dachte O. bitter) haben dann miteinander gesprochen und festgestellt, daß jeder von ihnen gerade einen merkwürdigen Anruf bekommen hat. Hanka mußte sehr schnell darauf gekommen sein, daß nur sie, O., in Frage kam. Aber, so fragte sich O., und es war eine qualvolle Frage, die sie die nächsten Tage beschäftigte: Warum hat sie ihren Freund gebeten, bei mir anzurufen, warum hat sie nicht selbst angerufen. Sie fühlte sich bloßgestellt. Sie dachte sich eine andere, erträglichere Erklärung aus: Hanka hatte ihrer Mutter versprochen, keine Auslandsgespräche von dem Apparat zu führen, sie wollte ihrer Lehrerin signalisieren, ich weiß, daß du an mich denkst. Und doch, warum schaltete sie ihren Freund dazwischen? War es nicht ein klares deutliches Zeichen, ein »Laß mich in Ruhe«, ein »Versuch nicht, zwischen ihn und mich zu kommen«, ein Fingerzeig auf O.s Lächerlichkeit? Wahrscheinlich hatte Hanka sich mit ihrem Freund am Telefon über O. amüsiert, sie hatten über sie gelacht, wie sie es vielleicht schon lange machten, sie hatte zu ihm gesagt, jetzt reicht es aber, ruf du bei ihr an, damit sie endlich begreift. So mußte es gewesen sein, zweifellos, dachte O., als sie sich schlafen legte wie eine, über die gerade ein schweres Urteil gesprochen worden war. Wie konnte sie Hanka nächste Woche in die Augen blicken.

Am Tag von Hankas Rückkehr aus Prag war O. wirklich krank und mußte in der Schule anrufen, um sich zu entschuldigen. Aus mehreren Gründen war sie froh über diese plötzliche Krankheit, die sie wahrscheinlich ein paar Tage im Bett festhalten würde. Sie hoffte, das Fieber würde mit den Viren auch alles andere vernichten, was ihr Blut vergiftete. Sie hoffte, im Delirium oder im Fieberschlaf würde Hankas Bild sich auflösen. Natürlich hoffte sie auch, Hanka würde sie in der Schule vermissen, würde sich Sorgen machen, würde nach ihr fragen, würde sich melden, sie vielleicht sogar besuchen. Zwei Tage vergingen. Eine Woche verging. Und Hanka rief nicht an, sie erkundigte sich nicht nach ihr, sie vermißte sie nicht. Vielleicht hat sie

Schuldgefühle, dachte O. und fand einen schwachen Trost in diesem Gedanken. Vielleicht bereut sie, was sie getan hat, vielleicht fehlt ihr die Kraft zum ersten Schritt, vielleicht sitzt sie zu Hause und quält sich. O. hingegen fühlte sich inzwischen weit genug von allem entfernt und war manchmal sogar überzeugt, daß alles ein Traum gewesen war. So ging sie am nächsten Montag zur Schule. Sie ging spät aus dem Haus, sie wollte ihren Zeitplan nicht mehr von Hanka bestimmen lassen. Sie wollte nicht nach Hanka Ausschau halten, sie wollte nicht lauschen, ob sie ihre Stimme irgendwo hörte, sie wollte sich nicht mehr von Hanka blenden lassen, sie wollte nicht mehr zulassen, daß diese mit ihr spielte, sie verriet, mit anderen über sie lachte. Sie begann den Unterricht und hatte Hanka nicht gesehen. Sie ging in die Pause und benutzte die Toilette, die sie früher benutzt hatte, sie wollte nicht in Versuchung kommen und einen Blick in Hankas Klassenraum werfen. Als sie von der Toilette kam und durch den engen Gang zurück zum Büro gehen wollte, kam Hanka ihr entgegen. O. lächelte freundlich, aber so unverbindlich wie möglich, sie fragte, suchst du etwas, während sie so tat, als wäre sie schon im Weitergehen begriffen. Ja, dich, sagte Hanka und hielt einen kleinen Taschenkalender in der einen Hand, in der anderen einen Stift. Hanka sagte, wann hast du Zeit, mit mir nach Prag zu kommen, meine Familie wartet ungeduldig darauf, dich kennenzulernen, und sie blätterte in ihrem kleinen Terminkalender. Sie standen nah zusammen in diesem engen dunklen Gang. O. wußte, daß ihr Widerstand schon gebrochen war. Sie sagte, laß mal sehen, ein Wochenende, zum Beispiel hier, aber drei Tage nur, länger kann ich nicht, und als sie den Termin festgelegt hatten und Hanka ihn mit der Bemerkung in ihren Kalender schrieb, jetzt kannst du nicht mehr zurück, da griff O. wieder nach ihrem Arm, es war eine freundschaftliche Berührung, eine lehrerhafte womöglich gar, und sie hielt ihre

Hand mit leichtem Druck an derselben Stelle, während sie durch den engen Gang zurück in die heller beleuchteten Räume gingen. Sie erzählte Hanka von dem Einfall, den sie in der ersten Woche ihrer Abwesenheit gehabt hatte, dem Einfall, der zu dem unglückseligen Telefongespräch geführt hatte und über den sie eigentlich nicht mehr hatte sprechen wollen. Jetzt war jedoch alles anders, oder etwa nicht. Sie sprach leise. Sie wollte Hanka helfen, sich auf die Deutschprüfung vorzubereiten, die diese an der Universität ablegen mußte, sie sagte, ich kenne die Prüfungsbedingungen, bin selber Prüferin gewesen, und das stimmte, sie sagte, komm jeden Morgen zu mir, vor dem Unterricht, eine Stunde, wir üben systematisch, wir simulieren die Prüfung, schriftlich und mündlich, wir korrigieren die Aufgaben, die du zu Hause machst. Es war ein selbstloses Angebot, freilich mußte es geheim bleiben, das verstand Hanka, es bedeutete ja eine gewisse Bevorzugung, denn natürlich wollte O. kein Geld für diese Extrastunden, sie sagte sogar, wir können frühstücken, während wir arbeiten, ich habe den Tee fertig und besorge frische Brötchen, und Hanka sagte ja. Sie würde schon morgen kommen.

Jeden Tag eine Stunde, allein mit Hanka, viele Wochen lang. Und ein Wochenende in Prag, drei Tage am Stück, allein mit ihr und ihrer Familie. Den Rest des Tages war O. von diesem Mantra besessen, das sie unaufhörlich in ihrem Inneren wiederholte. Hanka sprach in den folgenden Wochen ständig von dem gemeinsamen Wochenende. Sie sagte, wir können ein Zimmer für uns haben, es liegt ein Stockwerk tiefer, es gibt ein Hochbett dort, wir können ganz für uns sein. Eines Abends rief sie an und sagte, ich mache gerade Palatschinken, und weißt du, was ich gedacht habe. Was, fragte O. Ich habe gedacht, daß wir auch Palatschinken machen werden. Wenn wir in Prag sind, werden wir zusammen Palatschinken machen. Ja, das werden wir, sagte O. Ein Hochbett, dachte O. Sie konnte sich keine Vorstellung machen. Hanka und sie in demselben Bett. Was wußte Hanka, was dachte sie. Könnte O. frei von Erwartungen sein, sie wünschte, sie könnte es. Sie lud Hanka ins Kino ein. Der Film handelte von zwei Leuten, die einander in einem Zug kennenlernen und dann eine Nacht gemeinsam in Wien verbringen, durch die Stadt streifen, einander dann näherkommen, für eine Nacht, wissend, daß sie sich am nächsten Tag trennen müssen. O. war viel zu früh da und kaufte die Karten für beide. Sie fühlte sich wie ein Verehrer alter Schule. Danach gingen sie zusammen in eine Kneipe. Hanka sprach nur selten von ihrem Freund, manchmal hätte O. vergessen können, daß es diesen gab. Jetzt sprach sie von ihm, O. begriff nicht ganz, was Hanka sagen wollte, aber sie überließ sich der sanften Wirkung des Weins und hörte auf Hankas Worte, die langsam in sie hineinfielen. Und manchmal, sagte Hanka, frage ich mich, ob es ein Fehler war, hierherzukommen. Früher hätte so ein Satz O. aufgebracht, denn bedeutete das nicht auch, daß Hanka und sie einander dann nie getroffen hätten? Bedeutete das nicht, daß sie vorhatte wegzugehen, sich ihr zu entziehen? Jetzt versetzten diese Worte O. in ein unbeschreibliches Hochgefühl. Hanka dachte an Trennung. Und sie und Hanka kannten einander ja nun, Hanka konnte ihr nicht mehr verlorengehen. O. dachte (und wurde rot bei dem Gedanken), wenn sie weggeht, gibt es jedenfalls nichts, was mich hier hält. Sie hatte Hanka etwas mitgebracht, ein Gedicht, fest verschlossen in einem Umschlag. Ich möchte, daß du das liest, nicht jetzt, sondern wenn du allein bist. Nun setzte sie alles auf eine Karte, sie war nur dazu fähig, weil sie den Wein getrunken hatte. Es war das Gedicht, das lange Zeit an ihrer Wand gesteckt hatte. Es war vielleicht ein großer Fehler, aber sie konnte nicht so weitermachen, in dieser Unverbindlichkeit. Es mußte ein klares Wort fallen zwischen ihnen, Hanka mußte Bescheid wissen und dann sagen, was sie dachte, bevor sie zusammen in jenem Zimmer, in jenem Hochbett übernachteten. Hanka steckte den Umschlag lächelnd ein und sagte, sie müßte jetzt zur U-Bahn, und O. (die ihre Enttäuschung verbarg, was hatte sie eigentlich von diesem Abend erwartet, daß sie den Rest der Nacht durch die Stadt streifen würden?) sagte, wir nehmen dieselbe Linie, aber in verschiedene Richtungen. Hankas Zug kam zuerst, sie stieg ein und blieb an der Tür stehen, als diese sich schloß und der Zug anfuhr. O. blickte Hanka nach, und Hanka blickte O. nach, und O. dachte, wenn sie das Gedicht gelesen hat, dann ist es kein Geheimnis mehr.

Am Montag würden sie einander wiedersehen, und dann hätte Hanka das Gedicht gelesen, dachte O. Übers Wochenende vertrieb sie sich die Zeit, indem sie ihre Plattensammlung durchschaute nach Liedern, die sie gern für Hanka aufnehmen wollte. Sie stellte zwei Kassetten zusammen, beschriftete sie, bastelte bunte Hüllen dafür. Am Montag würde Hanka nicht zum Frühstück kommen, das hatten sie schon besprochen, sie mußte an dem Morgen putzen, und O. war in ihrer Ungeduld nun gezügelter als noch vor nicht langer Zeit. Es kam ihr vor, als sei nun so vieles in die Wege geleitet, als stehe nun etwas vor der Auflösung. Es war ja nicht möglich, daß Hanka das Gedicht, das sie ihr gegeben hatte, mißverstehen könnte, es war ja nicht möglich, daß sie darauf nicht reagierte. Dieses Zeichen war deutlich genug gewesen, das erste deutliche Zeichen überhaupt. Es war eigentümlich, daß O. jetzt, wo sie so vieles hatte, wovon sie zuvor nicht einmal geträumt hätte, alles aufs Spiel setzte, indem sie die Stunde der Wahrheit einleitete. Die Wahrheit mußte gesagt werden. Doch was war eigentlich die Wahrheit? Wenn sie es genau überlegte, dann wußte sie nicht, was sie eigentlich wollte.

Hätte Hanka eines Tages oder Nachts vor ihrer Wohnungstür gestanden, hätte sie auch nur irgendeine Initiative in der von O. erträumten Richtung ergriffen, so hätte O. wahrscheinlich ihre Hände genommen, wäre ein wenig von ihr abgerückt, hätte gesagt, es geht nicht, es ist unmöglich. Wahrscheinlich, so vermutete O., bestand der einzige Antrieb dieser Geschichte darin, daß sie sich niemals auflösen würde. Als sie am Montag mit ihren Kassetten (sie kam sich kindisch vor, wie ein Teenager) in der Schule ankam, war sie auf einmal ruhig wie ein Stein. Sie hatte alles getan, was sie tun konnte. Jetzt war Hanka an der Reihe. Sie sahen sich erst in der Pause. Hanka lachte unbefangener als jemals zuvor. Sie hielt etwas auf dem Rücken verborgen. Ich habe dir etwas mitgebracht. O. lachte auch, sie hatte das kleine Päckchen in der Hand. Hanka zog ein Blatt Papier hinter ihrem Rücken hervor. Sie sagte, es ist das erste Bild, das ich seit langem gemalt habe. Diese Bilder waren in meinem Kopf, als ich das Gedicht gelesen hatte. Hanka hatte in Schwarzweiß die Silhouette einer Stadt gemalt (die Häuser erinnerten an Prag), und im Vordergrund bewegten sich zwei Gestalten mit stilisierten, etwas altertümlichen Kleidern und Hüten (man konnte nicht sagen, ob sie Männer oder Frauen waren) über eine Brücke, keine der beiden hatte ein Gesicht. Ich bin noch ein wenig steif, sagte Hanka, aber früher habe ich viel gemalt, gefällt es dir? O. versuchte, das Päckchen mit den Kassetten so unauffällig wie möglich in der Hand zu halten. Hanka erzählte, auch ihrem Freund habe das Gedicht gut gefallen, und sie habe es auch einer Freundin zu lesen gegeben, die am Wochenende bei ihnen zu Besuch war, eine typische Deutsche übrigens, die jetzt, nachdem sie schon ein paar Jahre Mathematik studiert hat, beschlossen hat, aufzuhören und doch etwas anderes zu machen, aber sie weiß nicht was. Sehr kindlich, und sehr egoistisch, sagte Hanka, wenn man sich immer fragt, ob das, was man schon seit Jahren macht, eigentlich das ist, was man will, und von dem Gedicht war plötzlich nicht mehr die Rede. O. dachte, daß auch sie, so alt sie war, nicht wußte, was sie eigentlich wollte, sie fand Hanka im Gegenzug plötzlich schrecklich vernünftig. O. jedenfalls konnte sie sich an keinen einzigen Tag in ihrem Leben erinnern, an dem sie nicht lieber eine andere gewesen wäre oder etwas anderes gemacht hätte, und wer war Hanka schon mit ihren zwanzig Jahren, daß sie so etwas beurteilen konnte, diese Agonie der Selbstverwirklichung, von der man befallen wird, wenn vieles möglich und man selbst nicht unentbehrlich scheint. Hanka hatte sich heute auch unvorteilhaft angezogen, ein beiges T-Shirt mit einem weiten runden Ausschnitt, das sie viel zu farblos aussehen ließ, und unter dem Hosensaum ihrer Jeans schauten Feinstrumpfhosen hervor. Ostblock, dachte O. plötzlich ein wenig verächtlich. Auch die Halbschuhe gehörten dazu, deren Absätze auf dem Holzfußboden hackten, militärisch, dachte O. und wußte erst später, was ihren Ärger hervorgerufen hatte: Was eigentlich war in Hanka gefahren, daß sie das Gedicht, das doch ihnen beiden gehörte, herumzeigte, und was am schlimmsten war: ihrem Freund unter die Nase hielt? Das Bild fand O. ein wenig kindisch. Vielleicht war Hanka wirklich viel ahnungsloser, als sie gedacht hatte. O. fühlte sich plötzlich müde und alt, die Kassetten jedenfalls ließ sie in ihrer Tasche verschwinden, und sie nahm sich vor, von nun an keine Handbreit mehr über ihre Rolle als Lehrerin hinauszutreten. Am Abend dachte sie zum ersten Mal, nun sei sie endgültig geheilt, sie nahm einen ersten Überdruß gegenüber Hanka wahr, sie hatte zum ersten Mal Lust auf andere Unternehmungen, sie zog sich an und ging in eine Kneipe in einer Nebenstraße, sie stand an der Theke, trank ein Bier, versuchte, den Blick in andere Augen zu vermeiden. Beiläufig schaute sie einer Billardspielerin zu, einer jungen Frau mit kurzen dunklen Haaren, die die Kugeln geschickt in die Löcher plazierte. Hast du Lust, fragte die Billardspielerin, und sie spielten drei Runden um einen Whisky-Cola. Am Ende hatte O. verloren, sie ging zur Theke und kam mit zwei Gläsern zurück, sie tranken schweigend, und dann fragte die Billardspielerin, ob sie Lust hätte, die Nacht mit ihr im Wohnmobil ihres Vaters zu verbringen, sie könnten hinausfahren, aufs Land, an einen kleinen See, und früh am Morgen würden sie den Sonnenaufgang betrachten. Tut mir leid, sagte O. und legte die Hand auf den Arm der Dunkelhaarigen, ein anderes Mal, vielleicht, und dann ging sie zurück nach Hause. Stand lange in der dunklen Wohnung vor dem Fenster, die eine Hand auf dem Telefon, als sei es etwas Lebendiges, das warm an ihrem Körper pulsierte. Willst du mit mir den Sonnenaufgang anschauen, dachte sie. Warum bringe ich es nicht fertig, ihr eine einfache Frage zu stellen, eine Frage, auf die sie nur mit Ja oder Nein antworten kann? Was hindert mich daran, das zu tun, was so einfach ist?

Es folgte eine merkwürdige Zeit. Täglich kam Hanka zu O., sie korrigierten Aufsätze und übten für die mündliche Prüfung. Öfter schlug die eine der anderen eine gemeinsame Unternehmung vor, ein Abend in einer Kneipe etwa oder der Besuch eines Stummfilms mit Live-Musik, sie verabredeten, zusammen zur Lesung eines Autors zu gehen, einmal lud Hanka sie sogar zu einer Pizza zu sich nach Hause ein. Doch keine dieser Unternehmungen fand statt. Meist rief Hanka im letzten Augenblick an, um die Verabredung wieder abzusagen. Einmal tauchte sie ganz einfach nicht auf, und O. hielt den ganzen Abend vergeblich nach ihr Ausschau. Schließlich glaubte O. nicht mehr, daß es Hanka mit den Verabredungen ernst war. Fast zynisch wartete sie jedesmal auf die Absage, doch jedesmal war Hankas Stimme völlig glaubwürdig, war ihr Bedauern echt. Sie mußte ganz gegen ihren Willen an der Familienfeier im Haus ihrer »Schwiegereltern« teilnehmen (und zu ihr sagte sie am Telefon, ich hätte die Zeit so viel lieber mit dir verbracht), die Russin aus der Sprachenschule suchte sie kurzfristig weinend auf, um ihre Eheprobleme mit ihr zu besprechen, und sie konnte sie unmöglich nach Hause schicken (das war der Abend, an dem O. vergeblich am Eingang des Kinos auf sie wartete), einmal war es ein plötzliches Unwohlsein, und ein anderes Mal fand ihre Mutter, die zu Besuch war und der sie ihre »Freundin« vorstellen wollte, daß sie keine Energie hatte, fremde Leute kennenzulernen. Die Einladung zur Pizza mußte O. übrigens selbst ausschlagen, denn sie bekam wieder Fieber und mußte zu Hause bleiben, und Hanka sagte am Telefon, ich komme morgen nach der Schule vorbei und bringe dir einen Apfel. Sie sagte auch, sie würde jetzt viele gute Gedanken in diesen Apfel hineinlegen. Einen Apfel, dachte O. Sie wußte nicht mehr, ob Hanka vollkommen unschuldig oder vollkommen durchtrieben war. Immer wenn sie vom einen überzeugt war, geschah etwas, das ihre Meinung ins Gegenteil umschlagen ließ. Sie hatte nun keine andere Wahl. Sie mußte es Hanka sagen. Sie wußte nicht, welche Worte sie dafür wählen würde, aber sie würde es am nächsten Tag tun, wenn diese mit dem Apfel käme. Sie würde sagen, ich muß dir etwas sagen. So hatte sie auch früher oft angefangen. Sie würde angezogen auf dem Bett liegen, einen Schal um den Hals, und Hanka würde auf einem Stuhl vor dem Bett sitzen. Ihre Stimme wäre ein wenig schwach, sie würde Hanka nicht anschauen. Sie würde sich nicht von Hanka drausbringen lassen, der wahrscheinlich wieder irgendeine Ablenkung einfiel, ob bewußt oder unbewußt. Sie würde ihre Beichte mit den Worten beenden, es ist völlig unmöglich, aber ich wollte, daß du es weißt. Sie wußte nicht genau, ob sie wirklich dachte, daß es völlig unmöglich sei. Insgeheim hoffte sie ja doch, daß Hanka reagieren, daß sie an ihrer Stelle das Wort ergreifen würde, daß sie sagen würde, ich habe darauf gewartet. Was war eigentlich so unmöglich? O. wußte, daß solche Dinge vorkommen. Sie selbst kannte eine Frau, die lange Jahre mit ihrem früheren Lehrer zusammengelebt hatte. Sie hatte eine andere Bekannte, die ihren Freund wegen einer viele Jahre älteren Geliebten verlassen hatte, als sie in Hankas Alter war. Eine Freundin von ihr hatte einen Geliebten gehabt, der vierzig Jahre älter war, sie hatte an seinem Totenbett gesessen, da war sie noch nicht dreißig und er fast siebzig. Es war ja nicht Moral oder Konvention, die sie zurückhielten. Es lag vielleicht an Hankas Unschuld, ihrer Ahnungslosigkeit, ja, ihrer Reinheit. Konnte sie eine solche Verwirrung in deren Leben bringen? Und dabei wußte sie nicht einmal, was sie ihr vorschlagen würde. Komm, nur eine Nacht, hatte sie öfter gedacht. Einem Menschen wie Hanka einen solchen Vorschlag zu machen war schlicht unmöglich. Vielleicht fürchtete sie sich vor der Erniedrigung, davor zuzugeben, daß sie ein Mensch mit Bedürfnissen und Leidenschaften war, daß sie weit von der heiteren Gelassenheit entfernt war, die sie sich selbst gern zugesprochen hätte. Ich hätte meine Rolle dazu mißbraucht, sagte sie sich, um jemanden in meine Abhängigkeit zu bringen. Aus ihrem leichten und unbeschriebenen Leben hätte ich Hanka in mein Leben voller angefangener und abgebrochener Vorhaben gezogen. Ich würde sie vergiften mit meiner pessimistischen Sicht des Menschen, mit meiner Resignation und Hoffnungslosigkeit. Aus dem Offenen ins Geheime, aus dem Fraglosen in den Zweifel, das ist es, was ich ihr antun würde. Ich möchte sie nicht verderben, ich möchte nicht ihre Gedanken durchdringen, und vor allem möchte ich sie nicht dem allmählichen Ausklingen meines Gefühls aussetzen, ich möchte nicht erleben, daß ich ihrer langsam überdrüssig würde, was unausweichlich wäre, wenn sie zu mir käme. Zu mir käme. Ihr wurde heiß vor Scham, sie dachte, ich kann es nicht sagen, es ist absurd, es ist krank. Ich entscheide es morgen, wenn sie an der Tür klingelt, dachte sie, ich mache es abhängig vom ersten Wort, das sie sagt, von der ersten Geste, vom ersten Lächeln.

Je weiter der Abend fortschritt, desto sicherer wurde sie jedoch in ihrem Entschluß, und als sie einschlief, da fühlte sie sich schon ruhig und gefaßt, denn der nächste Tag würde unwiderruflich die Wendung bringen. Sie schlief ohne Wecker in den Tag hinein, und als sie aufwachte, wußte sie, daß Hankas Unterricht gerade begonnen hatte. Langsam frühstückte sie, sie legte sich wieder ins Bett und hörte Radio und dachte, jetzt hat sie Pause. Da klingelte das Telefon. Hanka war dran. In ihrer Verblendung erschien es O. nur natürlich, daß Hanka auch in der Pause anrief, zwei Stunden vor ihrem eigentlichen Kommen. Sie möchte meine Stimme hören, dachte die Verliebte glücklich. Hinter Hanka konnte sie das Stimmengewirr der Pausengespräche hören, Hanka mußte fast schreien, um ihre eigene Stimme zu hören. Ich kann nicht kommen heute nachmittag, verstehst du. Ich habe bei dem Tschechisch-Professor angerufen, von dem ich dir letzte Woche erzählt habe, und er hat nur heute Zeit, morgen muß er verreisen, und dann ist er einige Wochen weg. Natürlich, sagte O. Sie wußte, daß sich Hanka von dem Gespräch einiges versprach. Vielleicht konnte sie ja doch studieren. Morgen kann ich kommen, sagte Hanka. Morgen bin ich schon wieder gesund, sagte O. und bemerkte den vorwurfsvollen Tonfall in ihrer Stimme. Was mache ich mit dem Apfel, fragte Hanka. Den mußt du selber essen, sagte O. Aber jetzt habe ich gestern vor dem Schlafengehen so viele gute Gedanken hineingelegt, so Hanka, und wenn ich ihn selber esse, dann muß ich die guten Gedanken wieder herausschütteln. Magie? fragte O. Hanka verneinte. Ihr

Großvater habe sich mit Magie beschäftigt und sie gewarnt. Man würde unweigerlich bei der Schwarzen Magie landen. Als O. den Telefonhörer auflegte, fühlte sie sich mit einem Mal befreit. Sie war sich sicher, daß es keine Einbildung war. Die Klammer über ihrem Herzen hatte sich gelöst. Sie war nicht mehr verliebt.

Als sie später zu verstehen versuchte, dachte sie, Hanka hat das Maß überzogen, diese letzte Absage hat das Faß zum Überlaufen gebracht, ich hatte alle Energie verbraucht, es war nichts mehr übrig. Am selben Nachmittag rief Hanka übrigens noch einmal an, um O. vom Verlauf des Gesprächs mit dem Professor zu berichten. Natürlich hatte er nichts versprechen können. Außerdem hatte sie das Ergebnis ihrer Deutschprüfung erhalten, leider nur eine Zwei, sagte sie. O. sagte, darauf kannst du stolz sein. Im Hintergrund saß Hankas Freund und korrigierte sie. Sie sprachen über alle möglichen Belanglosigkeiten, und O. sagte, sie fühle sich schon viel besser und würde morgen zum Unterricht kommen. Hanka erneuerte ihre Einladung zur Pizza, O. sagte erfreut zu. Kurz nachdem sie aufgelegt hatte, klingelte das Telefon wieder. Es war noch einmal Hanka. Was gibt es, fragte O. freundlich. Ich weiß nicht, sagte Hanka, ich hatte gerade das Gefühl, ich müßte noch einmal anrufen, ich weiß nicht, was es ist. Was soll sein, fragte O., habe ich komisch geklungen? Es war so ein Gefühl, etwas Merkwürdiges, sagte Hanka. Willst du mir noch etwas sagen, fragte O. Wir sehen uns also morgen, sagte Hanka. Ja, sagte O. Und am Freitag zur Pizza. Ich komme, sagte O. Hanka: Und in Prag werden wir Palatschinken machen. Ja, sagte O., in Prag werden wir Palatschinken machen, ja, ja, in Prag werden wir, sagte Hanka, was, fragte O., etwas Schönes, sagte Hanka, wir werden etwas besonders Schönes machen, ja, ja, rief O., in Prag!

Sie folgte Hankas Pizza-Einladung und sah zum ersten Mal ihre Wohnung, den Küchentisch, an dem sie ihre Hausaufgaben schrieb, das Telefon, das neben dem Bett stand, das hellblau gekachelte Badezimmer, in dem sie sich ab und zu einschloß, wenn sie allein sein wollte. Ich habe das Gedicht, das du mir gegeben hast, ins Tschechische übersetzt, sagte Hanka. Ach ja, sagte O., wie ist es geworden? Ich habe es meiner Mutter zur Korrektur gegeben, sagte Hanka. Es ist ganz einfach, dachte O., sie bewegt sich im Geist der völligen Freiheit, ich habe sie unterschätzt, ich habe meine eigenen kleinlichen und besitzergreifenden Maßstäbe auf sie angewandt, ich habe meine Verstocktheit zur allgemeingültigen Regel erhoben. Sie aßen die Pizza, sie tranken Saft dazu. Hanka bot sich plötzlich an, die Hose O.s zu flicken, die am Hintern durchgescheuert war. Bist du sicher, fragte O., ich kann es doch selbst machen. Hanka bestand darauf, sie hatte in Prag eine Schneiderschule besucht und das Nähen gelernt, sie wollte sich offensichtlich nützlich zeigen, also zog O. ihre Jeans aus und saß in der Unterhose auf dem Boden, bis Hanka einen Flicken in den Hosenboden eingesetzt hatte. Die hält noch ein paar Jahre, sagte sie, als sie sie zurückgab, und O. versicherte, sie würde immer an Hanka denken, wenn sie die Hose anziehen würde. Noch vor einiger Zeit wäre sie nicht in der Lage gewesen, so etwas zu sagen. Wie immer war Hanka diejenige, die sprach, und O. hörte zu. Sie wußte nicht, wieviel sie von Hankas Geschichten glauben sollte. Sie waren jedoch so ungeheuerlich, daß sie kaum erfunden sein konnten. Mit einem gefälschten Zeugnis habe ihr Vater seine Stelle als Phantomzeichner bei der Polizei bekommen. Ihre Mutter, die mit dreißig schon drei Universitätsabschlüsse hatte, habe man von der Universität verwiesen, als sie in einem Text mehrmals »die komische Partei« anstatt »die kommunistische Partei« geschrieben hatte, ein Versehen, das allerdings im Tschechischen leicht vorkommen konnte und nur in seiner auffälligen Häufung anstoßerregend war. Jetzt würden die Eltern getrennt leben, der Vater züchte auf dem Land Bonsaibäume, die Mutter vermiete Zimmer ihrer großen Prager Wohnung an Touristen. In Zeiten der Hochsaison habe die ganze Familie auf dem Küchenfußboden geschlafen, weil alle Zimmer von Touristen belegt gewesen seien. Hankas Freund rief an, er sagte, er würde später kommen, weil er mit Freunden in die Disco ginge, ob Hanka nicht nachkommen wollte, später, wenn ihr Gast gegangen sei, und ob sie einen schönen Abend hätten, so gab Hanka später das Gespräch wieder, und es schien ihr nichts auszumachen, daß ihr Freund ohne sie tanzen ging, ich mache mir nichts aus Techno, sagte sie und setzte sich neben O. aufs Bett, und das weiß er. Der Zustand der inneren Unabhängigkeit, in dem O. sich neuerdings befand, bestätigte sich an diesem Abend. Es war, als nähme ihr Gefallen an Hanka ständig zu, aber sie empfand keine Verzweiflung mehr darüber. Eigentlich konnte sie erst jetzt, mit dem Ende ihres Liebeswahns, diesen Abend so richtig genießen. Hanka langte hinter das Bett und nahm ihre Gitarre, sie sang ein paar tschechische Lieder, O. saß halb, halb lag sie neben ihr und stellte fest, daß sie keine Hintergedanken hatte (freilich konnte sie nicht auf diese Feststellung verzichten). Der Gedanke an Prag (das Hochbett) bereitete ihr nun kein Unbehagen mehr. Sie war sich plötzlich sicher, daß sie nichts erwartete; ihre Stärke war nicht aufgesetzt, sie kostete keine Mühe mehr. Du bist, sagte Hanka zum Abschied, meine einzige Freundin hier, und O. erkannte keine Grausamkeit mehr in diesem Satz. Im Bus nach Hause las sie im Wirtschaftsteil einer Zeitung, die sie aus ihrem Rucksack holte, einen Artikel über die europäische Währungsunion, ein Thema, auf das sie sich noch vor ein paar Tagen unmöglich hätte konzentrieren können, und sie nahm auch das als Zeichen dafür, daß sie jetzt völlig geheilt war.

Als das Wochenende des Pragbesuchs herangekommen war, da fragte O. sich, ob man ihr nicht ansehen würde, daß sie eigentlich vor nicht allzu langer Zeit noch ganz andere Wünsche gehabt hatte. Vielleicht hatte ja Hankas Mutter den siebten Sinn, über den Mütter oft verfügen, und würde gleich merken, daß etwas in der Luft lag. War O. der Mutter nicht vom Alter näher als deren Tochter? In der Zwischenzeit hatte sich O. stärker auf ihre ursprüngliche Rolle besonnen, sie hatte begonnen, Hankas Deutsch zu korrigieren, wenn sie sich unterhielten, sie fügte kleine Kommentare in die Gespräche ein, sie gab Hanka kurze Exkurse über die deutsche Literatur und drückte ihr ab und zu ein Buch in die Hand, von dem sie sagte, sie müsse es unbedingt lesen. Es war immerhin ein kleiner Trost, daß Hanka sich ein Leben lang daran erinnern würde, daß O. es war, die ihr diese Sprache beigebracht hatte. Hanka wurde nicht müde zu betonen, daß die Freundin die einzige Lehrerin von Bedeutung sei, die sie gehabt hatte (sie war inzwischen wieder in ihrer Klasse, sie gingen nun souverän damit um, hoben ihre Vertrautheit den anderen gegenüber nicht hervor, und doch war es klar, daß sie einander nahestanden). Lachend erinnerte Hanka sich an die erste Begegnung, und sie sagte, sie habe es erst nicht glauben können, daß eine Lehrerin so aussehe, sie sei eigentlich ziemlich skeptisch gewesen. O. habe nicht ernsthaft gewirkt. Was war besonders, fragte O. Hanka beschrieb ihr dann die Kleidung, die sie an jenem Tag getragen hatte, eine orangefarbene Hose und ein T-Shirt mit einem ziemlich farbenfrohen Aufdruck und einer Aufschrift mit vielen Ausrufezeichen. Ah, sagte O. etwas verwirrt und fragte sich dann, wie sie Hankas Familie gegenüber verbergen könnten, daß sie Hankas Lehrerin war, wenn doch ihre Beziehung darin sozusagen ihren sicheren Boden, ihr Auffangnetz, ihr stützendes Gerüst hatte. O. fragte sich allmählich ernsthaft, worauf sie sich da einließ. Sie fragte sich, ob sie Hankas geheime Seiten in Prag kennenlernen würde. Sie fragte sich, ob das Rätsel (wenn es ein Rätsel gab) sich endlich auflösen würde.

Hanka war schon ein paar Tage vorher gefahren und würde am Bahnhof auf sie warten. Als O. ihren Rucksack packte, überlegte sie lange, was sie für die Nacht mitnehmen würde. Ein einfaches weißes T-Shirt und ein Paar Boxer-Shorts, entschied sie schließlich. Natürlich blickte sie der Aussicht, drei Nächte in einem Hochbett an Hankas Seite zu verbringen, nicht ganz unbewegt entgegen. Das geringste Entgegenkommen von Hankas Seite, so wußte sie, würde reichen, um sie aus dem Gleichgewicht zu bringen. Als sie den Zug bestieg und es sich mit einem Buch bequem machte, nahm sie den kleinen unsinnigen Funken Hoffnung in ihrem Inneren wahr. Es dürfte aber nicht den kleinsten Riß in ihrem Äußeren geben, durch den ihre geheimen Gedanken sichtbar würden, auch wenn diese Gedanken jetzt manchmal in der Erleichterung darüber bestanden, daß die schlimme Zeit vorbei war. Sie kam spät am Abend an. Hanka stand am Bahnsteig, sie lachten, umarmten einander (zum ersten Mal, die Ankunft einer Reisenden rechtfertigte solche Herzlichkeit), und Hanka sagte, wir können zu Fuß nach Hause gehen, meine Mutter und Großmutter sind schon im Bett, und ich habe noch etwas Besonderes für uns beide geplant, das heißt, wenn du nicht zu müde bist. O. versicherte, sie könnte auch den Rest der Nacht wach bleiben, wenn das nötig sei, aber Hanka lachte und sagte, keine Angst, du wirst schon ins Bett kommen. Sie führte O. sicher durch ein Gewirr von Gassen, ich würde nie zurückfinden, gestand diese, und dann betraten sie ein kleines Geschäft, das auch am späten Abend noch geöffnet hatte, wo sie Hanka das erste Mal tschechisch sprechen hörte. Hier war O. tatsächlich ihrer Funktion beraubt. Hier hatte das, was sie Hanka beibrachte, keinen Sinn mehr. Sie sah, wie Hanka eine Flasche Rotwein entgegennahm und unter den Arm klemmte, worauf sie ihr, die stumm (ein wenig eingeschüchtert vom fremden Land, von der fremden Sprache) im Hintergrund stand, bedeutete, sie könnten jetzt gehen. Wein? wunderte sich O. Ich habe gedacht, du trinkst keinen Alkohol. Nur zu besonderen Anlässen, erklärte Hanka aufgekratzt. Die Wohnung war dunkel und still. Hanka sagte ihr, sie solle sich im Wohnzimmer auf das Sofa setzen und warten, bis sie zurückkäme. Das Zimmer war geräumig, die Möbel ausladend, O. sank tief in die Polster des Sofas ein. Im Nebenzimmer schlief die Mutter, erklärte Hanka, auf der anderen Seite des Flurs die Großmutter. Sie war mit zwei Gläsern und einem Teller mit Gebäck zurückgekommen. Eine Prager Spezialiät, erklärte sie, süßes Gebäck in der Form von Sarkophagen, man ißt es mit Schlagsahne, und dann setzte sie sich neben ihren Gast aufs Sofa. O. aß zwei Sarkophage mit Schlagsahne und trank Rotwein dazu. Hanka nippte auch an ihrem Rotweinglas und betrachtete O. erfreut. Hatte diese kurz gedacht, der Wein würde sie beide bald in eine romantische Stimmung versetzen, und das sei Hankas eigentliche Absicht gewesen, so mußte sie bald jeden Gedanken in dieser Hinsicht aufgeben, als Hanka ihr erklärte, sie könnten doch nicht in dem Zimmer mit dem Hochbett im anderen Stockwerk schlafen, die Mutter hätte gesagt, es gebe Ärger mit der Nachbarin, eine blöde Geschichte. Die Mutter hätte also bestimmt, daß Hanka bei ihr, im Doppelbett, schlafen würde, die Freundin hingegen in einem der Gästezimmer, die im Sommer an Touristen vermietet wurden. Außerdem habe die Mutter darauf bestanden, daß Hanka morgen vormittag mit ihr Tennis spielen würde, und wahrscheinlich auch am

Tag danach, sie ließe einfach nicht mit sich reden, es sei ihre neue Leidenschaft, und sie behaupte, ihre Tochter sei die einzige ihr ebenbürtige Partnerin. Am Nachmittag des nächsten Tages würden sie alle zum Vater aufs Land fahren, über Nacht, auch das ein Wunsch der Mutter, den man dieser nicht ausschlagen könne. Sie würde O. jetzt noch die Toilette und das Bad zeigen, und dann könnte sie ins Bett gehen. O. nickte zu allem, was Hanka sagte, verbarg jede Überraschung und erst recht jede Enttäuschung und legte sich ins Bett, um entgegen jede Erwartung schnell in einen tiefen Schlaf zu fallen, aus dem sie erst Hankas Klopfen am nächsten Morgen weckte, die, ohne die Tür (die O. nicht abgeschlossen hatte) zu öffnen, rief, das Frühstück sei fertig.

Es war ganz offensichtlich, daß Hankas Mutter ihre Tochter keinem Dritten gönnte und daß die Freundlichkeit, die sie am nächsten Tag zeigte, nur das Ergebnis einer gewaltigen Anstrengung war, die sie wahrscheinlich nur deshalb auf sich nahm, weil sie Hanka nicht verärgern wollte. Beim Frühstück fühlte O. sich wie ein zahlender Gast, denn nach einer höflichen Begrüßung wurde sie nach ihren Frühstückswünschen gefragt, und die Großmutter bewegte sich langsam zwischen Buffet und Herd hin und her, um dann ein Kännchen Tee und Brot, Butter und Marmelade vor sie hinzustellen. Der Rest der Familie hatte wohl schon gefrühstückt. Die Mutter, die Hanka verblüffend ähnlich sah, hatte sich nach dem Guten-Morgen-Gruß verabschiedet, und Hanka saß jetzt neben O. und sah mit offensichtlichem Vergnügen zu, wie diese ihre Frühstück zu sich nahm, dabei ängstlich bedacht, in der stillen Küche, in der die Großmutter ans Buffet gelehnt dastand und darauf zu warten schien, daß sie zu Ende gegessen hätte, keine zu lauten Eßgeräusche zu machen. Jetzt, unter den wachsamen (und mißtrauischen) Augen der Großmutter

(O. dachte plötzlich: sie sieht die Deutsche in mir, ich wecke unangenehme Erinnerungen), war plötzlich klar, daß sie mit Hanka fast immer nur unter vier Augen gesprochen hatte. Um Hankas Freundin zu sein, war sie zu alt und zu förmlich, sie bemerkte einen lehrerhaften Tonfall in ihrer Stimme, wenn sie etwas fragte, und den kindlichen Tonfall in Hankas Stimme, wenn diese antwortete, und es schien jetzt so, als seien ihre Gespräche ein einziges Frage-und Antwort-Spiel, mühsam und zäh. So ging es weiter. Während des Tennisspiels saß O. auf der Terrasse der Sportanlage und schaute zu. Solange die Mutter mit dem Rücken zu ihr spielte, konnte sie immerhin für kurze Zeit Hanka betrachten, ohne daß ihr Blick von einem Dritten kontrolliert wurde. Als Hanka frisch geduscht aus der Umkleidekabine kam, flüsterte sie O. zu, sie dürfe es nicht persönlich nehmen, wenn die Mutter nicht mit ihr spreche oder sie nicht beachte, das sei nur ein Ausdruck ihrer Schüchternheit. Ihr gegenüber hätte sie sich sehr positiv über O. geäußert. O. saß im Auto still auf dem Rücksitz und sah aus dem Fenster, während Hanka und ihre Mutter sich auf tschechisch unterhielten. Sie fragte sich, wo eigentlich die Schwester sei, von der Hanka doch oft gesprochen hatte und die sie angeblich kennenlernen wollte, von der aber jetzt plötzlich nicht mehr die Rede war. Einmal hielten sie an, Mutter und Tochter verschwanden in einem Haus am Straßenrand und kamen mit einer Milchkanne zurück, an deren Außenwand ein paar Streifen einer dunkelroten Flüssigkeit herunterliefen. Es ist Blut, sagte Hanka, meine Mutter macht Suppe daraus, keine Angst, es schmeckt gut, und auch Hankas Mutter lächelte ihr plötzlich durch den Rückspiegel zu, als hätte sie die Worte und den Gesichtsausdruck der Fremden verstanden.

Wie nie zuvor war die Freundin an diesem Wochenende, an dem sie doch Hanka am nächsten hätte sein sollen, von dem Bedürfnis getrieben, sich von dieser zu entfernen, sei es, indem sie allein durch den Garten ihres Vaters ging und dessen Bonsaibäume und Steinbeete betrachtete (der Vater war sichtlich von der Freundin seiner Tochter angetan, er wollte ihr sogar einen Bonsai schenken), sei es, indem sie sagte, sie würde gern eine Weile durch die Gegend spazieren, während Hanka sich mit einem Freund aus ihrer Schulzeit, der unvermutet mit seinem klapprigen Motorrad vor dem Haus gehalten hatte und über den Zaun in den Garten gestiegen war, unterhielt. Gerade dieser schlaksige junge Mann mit den langen Haaren, mit dem Hanka so völlig unbeschwert plauderte und lachte und in dessen Augen die etwas steife und ernste Fremde, die neben Hanka am Gartentisch saß, wahrscheinlich den Eltern näher war als deren Tochter, führte ihr wieder einmal den Abstand zwischen Hanka und ihr vor Augen. Schnell nach der Ankunft hatte Hankas Mutter sie in ein Gästezimmer gleich neben dem Eingang geführt, in dem sie wieder ein Doppelbett vorfand, während Hanka im ersten Stock in ihrem alten Kinderzimmer schlafen sollte, das sie O. nach dem Abendessen zeigte. Am Abend ging die Mutter früh ins Bett, wie das offensichtlich ihre Gewohnheit war, und Hanka blieb mit ihrem Vater im Wohnzimmer sitzen, um am Fernsehen einen amerikanischen Thriller anzuschauen. O. entschuldigte sich, sie wollte noch ein wenig an die frische Luft und sich dann auch bald schlafen legen. Sie ging hinaus in den stillen und dunklen Garten, bis zum Gartenzaun, von dem aus man eine Aussicht über die hügelige Landschaft hatte, die sich im Dämmerlicht gegen den Himmel abzeichnete, sie setzte sich auf den Boden mit dem Rücken zum Haus und versuchte, ruhig zu atmen und an nichts zu denken. Hinter sich hörte sie leichte Schritte auf dem Rasen, aber sie wandte sich nicht um. Hier sitzt du, sagte Hanka leichthin, ich gehe kurz zur Telefonzelle, ich bin gleich zurück. Ja natürlich, sagte O., die mit gekreuzten Beinen auf dem Boden sitzen blieb und sah, wie in den Fenstern der Häuser, die an die Hänge der Hügel gebaut waren, das Licht an- oder ausging, je nachdem, es war ein unaufhörliches Flackern und Flimmern. Sie hörte die Schreie aus dem gekippten Wohnzimmerfenster hinter sich, der Thriller näherte sich seinem Höhepunkt, bald würde es still werden, irgendwo ein paar hundert Meter entfernt sprach Hanka wohl mit ihrem Freund, was würde sie ihm erzählen, vielleicht von dem Tennismatch, bei dem sie ihre Mutter besiegt hatte, vielleicht von dem Besuch des alten Freundes, den er sicher auch kannte. Im Haus schlief Hankas Mutter, die schon bestimmt hatte, was Hanka am nächsten Tag zu tun hätte, ein Tennisspiel natürlich, und O. hatte gebeten, den Tag allein in der Stadt verbringen zu dürfen, um wie eine normale Touristin durch Geschäfte und Ausstellungen zu bummeln, vielleicht einen Kaffee auf einer Sonnenterrasse an der Moldau zu trinken. Als sie sich kurz zum Haus umdrehte, weil sie sich beobachtet fühlte, bemerkte sie, daß sich im oberen Stockwerk ein Vorhang bewegte. Es gibt keinen Zweifel, die Mutter vergeht vor Mißtrauen, dachte sie, sie stand verärgert auf und ging zurück zum Haus.

Sie saß noch ein wenig mit Hanka und deren Vater im Wohnzimmer beisammen, nachdem diese vom Telefonieren zurückgekommen war. Sie tranken Wein und unterhielten sich, wegen der beiden Sprachen, zwischen denen Hanka hin- und herübersetzte, ein wenig mühsam, aber angenehm. O. wunderte sich nicht darüber, daß die Eltern getrennt lebten. Hanka hatte ihr schon erklärt, daß die Eltern nicht zusammenleben könnten, sie seien zu unterschiedlich (Hankas Mutter hatte sogar ihr gegenüber gesagt, es sei ein Fehler gewesen, daß sie ihren Vater geheiratet hatte, der schon immer ein Boheme und nie ein Familienmensch gewesen sei), sie würden sich aber an jedem Wochenende sehen und eine gute Freundschaft pflegen. O. bekam einige Fotos aus Hankas Kindheit zu sehen, irgendwie war auch ein Foto jüngeren Datums darunter gerutscht, auf dem Hanka ihren Freund auf der Karlsbrücke küßte und das sie schnell weglegte. Später fragte sie sich, warum sie nicht mehr überrascht war, als ihr von einem anderen Foto, das aus dem Packen herausfiel und das sie vom Boden aufhob, die Schaffnerin von V... entgegenblickte. Sie erkannte den Gartenstuhl, auf dem sie heute nachmittag selbst gesessen hatte, die junge Frau hob ein Bierglas in Richtung Kamera und lachte, und O. verstand nicht, daß ihr das Unübersehbare nicht schon viel früher aufgegangen war. Als Hanka mit ruhiger Stimme sagte, das ist Ilona, meine Schwester, sie arbeitet bei der Bahn in V..., begriff O., daß Hanka das Ganze scharfsinnig geplant hatte. Hanka wußte alles, auch nicht die geringste Einzelheit war ihr verborgen geblieben. Dann wieder überzeugte sie die Beiläufigkeit in Hankas Stimme vom Gegenteil, und sie selbst bemühte sich, sich nichts anmerken zu lassen. Gegen Mitternacht ging O. in ihr Zimmer. Sie sollte endlich aufhören, sich ständig selbst zum Narren zu halten. Sie wollte den Schlüssel im Schloß herumdrehen, griff schon danach, doch dann ließ sie die Tür trotzdem geöffnet und empfand Verachtung für sich selbst. Wieder schlief sie schnell ein. Kurze Zeit später wachte sie auf, weil die Tür sich leise öffnete und wieder schloß. Jemand schien sich ihrem Bett zu nähern. Weder sie noch die Gestalt, die hereingekommen war, sagte ein Wort.

Am nächsten Tag, der ein sonniger und warmer war, als sie mit der Familie zum Frühstück am Küchentisch saß und Hankas Mutter, die offensichtlich gut gelaunt war, nun öfter über Hanka das Wort an O. richtete, sie auch manchmal ansah und anlächelte und einmal sogar die Hand auf ihre Schulter legte, als sie mit der Kaffeekanne hinter ihr stand und fragte, ob sie ihr nachschenken sollte, da entschied O., das Ereignis der Nacht müsse ein Traum gewesen sein, denn es war doch alles zu unwahrscheinlich. Mit Hanka verabredete sie, als deren Mutter sie in der Nähe der Karlsbrücke aus dem Auto steigen ließ, sie würden sich am späten Nachmittag zu Hause treffen. Und am Abend, sagte Hanka, machen wir etwas ganz Besonderes. Ja, sagte O., und ihre Antwort wirkte zerstreut, das machen wir, ganz bestimmt.

Epilog

(Peter)

Es ist die Schlaflosigkeit, die mein Leben bestimmt. Sollte ich jemals etwas schreiben, so werde ich dem Text den Titel »Der Schlaflose« geben. Doch die Schlaflosigkeit versetzt mich in einen Zustand, in dem das Schreiben fast unmöglich wird. Der Alptraum eines andauernden, durch nichts gelinderten Wachseins. Würde ich in den langen Stunden des Wachliegens wenigstens etwas von Wert denken. Doch ich starre nur in die Dunkelheit, ich befinde mich in einem Zeitloch, die Welt dreht sich (immer) ohne mein Dazutun weiter. Gestern ein Brief von T., aus Berlin. Sie komme erst jetzt, in der örtlichen Entfernung von mir, dazu, effektiv zu arbeiten. Das alles recht beiläufig dahingesagt, wie unabsichtlich, ein lächelnder Racheakt, liebevoller Gruß am Ende, Kuß usw. Ich warte auf den weiteren Verlauf der Abrechnung, die sie jetzt mit mir vornimmt. Ich verbringe Stunden damit, bissige, treffende Formulierungen für meinen nächsten Brief an sie auszudenken, und verwerfe danach alles, voller Selbstverachtung. Warum können wir nicht damit aufhören? Ein sinnloser, seit ihrer Abreise lautloser, auf dem Papier weitergeführter Kampf! Ich kann in ihrer Abwesenheit ebensowenig schreiben wie in ihrer Nähe (schreiben, ich meine, wirklich schreiben, dieses manische Gekritzel nenne ich nicht Schreiben!), mein Leben scheint mir ohnehin verseucht von falschen Wörtern, falschen Taten, falschen Gedanken, von Unterlassungen und hohlen Rechtfertigungen. Die Welt besteht aus Menschen wie mir, im Gefängnis ihres Körpers, ihrer eigensüchtigen Gedanken, gefesselt von pathetischen Gefühlen und den vielen Dingen, die sie um sich anhäufen. Kein freies Wort, keine freie Geste ... Jeden Tag beginne ich mit einer nahezu unüberwindlichen körperlichen Abneigung. Ich zwinge mich zu jedem Schritt, jeder Bewegung, jedem Wort. Und doch esse und kacke ich, erledige das Nötigste, schleppe mich sogar ins Büro, wenn es Zeit dafür ist (und dort fällt sowieso keinem etwas auf). Jeden Tag fühle ich erst Erleichterung, wenn die Dunkelheit wiederkommt: sie enthebt mich des vagen Gefühls, ich sollte doch, trotz allem, etwas Entscheidendes an meinem Leben ändern: doch wo anfangen? Eine vages Aufflackern von – Lebenslust? gestern beim Gedanken, daß nur ein verfehltes Leben ein wahrhaftes Leben ist. Der Gedanke schien mir, als ich ihn dachte, zwar bekannt (wahrscheinlich hat er irgendwann einmal am Anfang meiner Kette von mißglückten Anläufen und Bemühungen gestanden, als eine Art ästhetisches Lebensmotto, so daß doch alles nach Plan verlaufen ist), doch gestern durchdrang er mich noch einmal neu und frisch, ich reagierte mit unerwarteter Luzidität, mit Vergnügen, ich saß und schrieb, drei Stunden, ununterbrochen, hatte aber später keine Kraft mehr, es durchzulesen. Solche Gedanken (an die Schönheit, d. h. Wahrhaftigkeit des völligen Mißlingens) können nur in T.s Abwesenheit leuchten (wenn sie nicht mit ihrem naiven Streben nach Sinnhaftigkeit, ihrem überdrehten Bedürfnis danach, sich der Menschheit mit ihrer Forschungsarbeit nützlich zu erweisen, ja, diese Menschheit »besser« und »glücklicher« zu machen, das Leben aus allem zieht, ein Paradox, das sie nie verstehen würde). Die dringlichste Aufgabe: der Tyrannei des allgemeinen Glücksstrebens widerstehen. Das ja immer wieder, hartnäckig, grinsend (auch in meinen Gedanken) durch die Hintertür hereinkommt. T.s Sucht nach Happy-Ends, die ich am Anfang rührend fand, und ihre fast rasende Wut, wenn der »Stoff« ihr verweigert wurde (als würde damit ihr moralisches Gefühl verletzt). Woher nahm sie eigentlich den Glauben an ein gutes Ende (gibt es ein Ereignis in der menschlichen Geschichte, das diesen Glauben rechtfertigt, oder sind wir der Hoffnung nur ausgeliefert wie Tiere ihrem Instinkt)?

Nebenbei: Woran liegt es, daß in meiner Nähe Pflanzen sofort eingehen, selbst wenn ich mich um Fürsorglichkeit bemühe, sogar ab und zu mit ihnen spreche, ihre Blätter streichle? Merken sie, daß mein Verhalten aufgesetzt ist, daß ihr Überleben mir Mittel zum Zweck wäre? Spüren sie, daß mir nicht wirklich etwas an ihnen liegt, ja, daß ich Schönheit, an der ich keinen Anteil habe, eigentlich ekelhaft finde, daß Worte wie »Wachsen und Gedeihen« in mir Gefühle der Bitterkeit wecken? (In T.s Nähe blühte alles auf, wucherte, schlug Blüten: jede Blüte an ihrem Hibiskus begrüßte sie mit ungespielter Begeisterung, mit zärtlichen, liebkosenden Worten, ich mußte oft ungeduldig das Zimmer verlassen.) Gestern ging ich abends zu einer Ausstellungseröffnung mit Performance: die Künstlerin schrieb mit weißer Tinte unaufhörlich (was?) auf Reispapierbögen, die die Besucher dann an einem filigranen Holzgerüst aufhängen sollten, das als eine Art Hütte oder Laube gebaut war; langsam entstand so ein weißer stiller Raum, eingerahmt von diesen unleserlichen, unablässig produzierten Gedankentexten. Einfach, fast etwas zu einfach (oder: beneidenswert einfach), ich stand viel länger da, als beabsichtigt, sah ihr zu, wie sie unaufhörlich die Feder übers Papier gleiten ließ, ohne abzusetzen (wenn sie sie nicht in das Tintenglas tauchte), ohne einmal zum Nachdenken innezuhalten oder vor einem Wort zu zögern. Sie schaute nicht hoch, musterte nicht die Umstehenden, manchmal bewegte sie lautlos ihre Lippen. Es fielen mir die alten Frauen aus meiner Kindheit ein, die bei der Abendandacht in der Kirche unablässig murmelnd den Rosenkranz durch ihre Finger gleiten ließen. Meine Faszination davon: wie ich mich immer wieder in diesen von unaufhörlichem Murmeln gefüllten halbdunklen Kirchenraum stahl, mich auf eine der Bänke setzte und gebannt sitzen blieb, bis die Frauen ihre Rosenkränze in kleine Beutel gleiten ließen und sich dann mühsam erhoben. Es lag etwas Religiöses im Schreiben der Frau von gestern, als schriebe sie Litaneien oder Gebetformeln, und gleich dachte ich, daß ohne Religiosität jedes Sprechen, jedes Schreiben, jedes Handeln nur Geräusch, Rascheln, Zukken ist. Der Satz: Versuch, Gott, nicht den Menschen zu gefallen, kommt mir immer wieder in den Sinn, aber er hält dem Nachdenken nicht stand. Und was, wenn es ein böser Gott ist (diese Vermutung scheint ja nahezuliegen)? – Würden meine von der Schlaflosigkeit trockenen und heißen Augen Löcher in meinen Kopf brennen, tief hinein, würde dieser Schwelbrand sich in mich hineinfressen, meine Gedanken auflösen und zersetzen, bis am Schluß nichts mehr von ihnen übrig ist! Das bleibt zu hoffen. Vielleicht werde ich so ein anderer. Im Moment bin ich mir nur in gesteigerter Form ausgesetzt. Das Bewußtsein muß ungemildert ertragen werden, so lautet der Fluch offensichtlich. Ich kann vor Müdigkeit nichts mehr beschließen (es ist doch gut so, weil meine Beschlüsse früher oder später doch nur wieder zu einer Enttäuschung führen würden), ich kann nur noch Schritt für Schritt weitergehen, in der festen Erwartung, beim nächsten Schritt würde der Boden unter mir nachgeben, würde ich endlich ins Bodenlose fallen (und bräuchte mir über die Richtung den Kopf nicht mehr zerbrechen). –

(Rolf)

Manche Menschen ziehen den Blick auf sich, und es ist schwer zu sagen, wodurch. Ich habe die Frau sofort wahrgenommen, aber wenn ich näher hinschaue: nichts Besonderes. Sie ist nicht »schön«. Kurze, dunkle Haare, suchende, etwas unruhige Augen, die Nase markant, der Mund schmal und blaß, rotes T-Shirt, schwarze Jeans, sie hält Ausschau, nicht nach einem Menschen, sondern nach einem Platz. – Sie bemerkte wohl, daß ich sie ansah, kam auf meinen Tisch zu, blickte mir fragend in die Augen. Ich machte mit der Hand eine einladende Geste, weiß nicht, was »bitte sehr« auf tschechisch heißt, wollte nicht englisch reden – heißt das eigentlich »please«? –. Als wollte ich nicht als Tourist entlarvt werden, die dämliche Angst der deutschen Reisenden. Ertappt! Reisen macht lächerlich! Kenne Leute, die die Weltkarte abhaken wie eine Einkaufsliste. Dann kommen sie aus Neuseeland zurück und erzählen von den sieben Filmen, die sie im Flugzeug gesehen haben, und von den blöden Deutschen, die sie dort getroffen haben. Es macht mir Spaß, in Gegenwart solcher Typen das Wort »Charterreise« nahezu ehrfürchtig in den Mund zu nehmen. – Die Frau bestellte auf englisch, sie ist also auch nicht von hier, wahrscheinlich sitzt in diesem Café kein einziger Einheimischer, die können sich das gar nicht leisten. – Sie versucht, so auszusehen, als hätte sie mich schon vergessen, aber sie ist sich meiner Gegenwart sehr wohl bewußt, wahrscheinlich vermutet sie sogar, daß ich über sie schreibe, und fragt sich, was. Ich habe immer schon gewußt, daß Schreiben Macht gibt, das stößt mich ab, und gleichzeitig ist es verlockend, verführerisch. Sie wippt mit dem übergeschlagenen Bein, sieht aus, als würde sie gleich aufspringen, sie sieht angespannt aus; daß sie das Gesicht in die Sonne hält, ist nur Schauspiel, eine Geste, die sie sich vorher ausgemalt hat, als sie beschloß, ein Café aufzusuchen. Wahrscheinlich hatte sie idealistische Vorstellungen von ihrem Wochenende in Prag, und jetzt fällt es ihr schwer, die Zeit zu genießen oder überhaupt nur auszuhalten, möchte am liebsten wieder in ihren Alltag zurück. Ihr Beruf? Nicht besonders lukrativ, das sieht man an der Kleidung. Tippe auf was Soziales, vielleicht Psychologin, die sich unter Wert verkaufen muß, womöglich ABM. Ich kenne den

Typ, wahrscheinlich ist sie sogar Deutsche, ich kann mir den Tonfall genau vorstellen, in dem sie über sich und ihr Leben spricht. Frauen, die irgendwann einmal nichts mehr gefürchtet haben als in einem Leben zu landen, wie ihre Eltern es vorgelebt haben. Der Vater: aus Familienperspektive ein sozialer Krüppel, ständig abwesend, das »Berufstier«. Die Mutter: Nachkriegs-Hausfrau, deren Talente (diese Frauen sind immer talentierter als ihre Männer, das ist ihre Tragik) ignoriert werden und langsam verkümmern, eine Tatsache, die sie mit unglaublicher, zielloser Wut erfüllt. Leidtragende: die begabten Töchter, die gleichzeitig gefördert und gebremst werden. Plötzlich ging jeder aufs Gymnasium, nach dem Abitur der Wunsch, »was Sinnvolles« zu machen. Pädagogik, Psychologie, Lehrerstudium ... Meine Generation ist voll von Frauen, die »was Sinnvolles« machen wollten und dann plötzlich auf dem Arbeitsmarkt mit der Wirklichkeit konfrontiert wurden. Beziehungsmäßig ist ihr Leben in der Regel ein Desaster, weil sie panische Angst haben, in die Falle zu geraten, in der ihre Mütter steckten, weil sie sich mit krankhafter Wachsamkeit dagegen wehren, »nur als Frau« gesehen zu werden: mit fünfunddreißig dann das große Heulen und Zähneklappern: sie hätten »ihr Leben« verpaßt. Was ist ein »eigenes« Leben? Das Fehlerhafte einer solchen Vorstellung habe ich schon erkannt, als ich noch nicht zwanzig war. – Sie zieht ein Buch aus der Tasche: hält den Umschlag so, daß ich den Titel mühelos lesen kann – wahrscheinlich soll ich ihn lesen. Arthur Schnitzler: *Der Reigen*. Deutsche also, oder Österreicherin, aber dazu hat sie nicht genug Eleganz. Ich kann mich nicht gegen den Gedanken wehren: natürlich ein Klassiker aus dem Literaturkanon, es gibt Leute, die können ihr Leben lang nicht davon lassen, Dinge zu tun, weil sie denken, sie müßten sie tun. Ständig dieser gehetzte Ehrgeiz, Bildungslücken zu füllen. Daß Menschen so durchschaubar sein müssen ... Traurig eigentlich. Der Mensch erkennt ja seine Lächerlichkeit, warum kann er sie da eigentlich nicht überwinden? Meine Krankheit ist eigentlich, daß ich hinter allem nur die Lächerlichkeit sehe, nie eine Handlung als das nehmen kann, was sie ist. Freilich, daß ich ins Wasser gesprungen bin, war im Grund genommen das Lächerlichste, was ich tun konnte. Ich habe es getan, um G. einen Gefallen zu tun, ich wollte kein Spielverderber sein. Ich weiß ja, warum sie gekommen ist. Sie wollte mir zeigen, daß mein Leben seicht geworden ist. Als ob ich das nicht selbst wüßte. Ist es »seicht«, daß ich nicht unglücklich bin? Hätte ich den Unglücklichen spielen und ihr so meine Tiefe beweisen sollen? Muß man sich die Unerträglichkeit des Daseins ein ums andre Mal vor Augen halten, auch dann noch, wenn man sie beim besten Willen nicht mehr empfinden kann? Ich will mir nicht durch gespieltes Leiden ein gutes Gewissen verschaffen. – Die Frau: es ist etwas an ihr, was mich irritiert, was mich nicht in Ruhe läßt, ich muß sie ständig anschauen. Es liegt eine Art wissende Distanz in ihrem Blick, es kommt mir so vor, als würde sie heimlich über etwas lächeln, über mich? oder vielleicht sogar über sich selbst (dabei lächelt sie gar nicht!). Als würde sie über all das Bescheid wissen, was ich hier schreibe, als wäre sie schon einen Schritt weiter. Aber gibt es denn einen Schritt, der von hier aus weiterführt? Muß mich konsequenter gegen meinen Impuls wehren, mehr in Frauen reinzulegen, als tatsächlich da ist. Ich habe mich am frühen Morgen ins Auto gesetzt und sofort das Gefühl gehabt, die Hauptfigur in einem Film mit dem durchschaubarsten aller Muster zu sein: »Der Held macht eine innere Krise durch, setzt sich in sein Auto und fährt los, um mit sich selbst ins reine zu kommen. Er macht Bekanntschaften, er durchlebt Abenteuer, am Ende kommt er als völlig Verwandelter zurück.« Es ist billig, und ich bin trotzdem weitergefahren ... Ist das die Freiheit des menschlichen Willens: Lächerliches trotzdem zu tun? Ich würde diese Frau gerne ansprechen, ich würde gerne hören, wie sie lebt, was sie hier macht. Mit einem Menschen sprechen, der noch keine vorgefaßten Meinungen über mich hat, keine Rechnung mit mir begleichen will, keine Erwartungen hegt. Es ist unmöglich, sie würde Absichten vermuten. Wir sitzen so selbstverständlich nebeneinander, andere Leute könnten denken, daß wir zusammengehören. Eine Frau, die liest, und ein Mann, der schreibt, was für ein idyllisches Bild. Einmal (vor Ewigkeiten) war das mein Bild vom Glück. Sie schaut auf die Uhr, ist es ein Reflex ihrer Ungeduld, oder hat sie eine Verabredung? »Auf Wiedersehen« (sie sprach plötzlich deutsch mit mir), sie schaute mir in die Augen, nickte mir zu (auffordernd oder abschließend), ich unterdrückte den Impuls, aufzustehen und mit ihr wegzugehen, in der größten Selbstverständlichkeit. Ich bin sicher, sie hatte ein Ziel, ihre Schritte waren so eilig und erwartungsvoll, sie schaute sich nicht um, sie zögerte auch nicht für einen kurzen Moment, sie war plötzlich verschwunden, wie vom Erdboden verschluckt...

(Tuula)

Sie erinnerte mich an die, die ich früher einmal gewesen bin. Sie hat mich ohne Umschweife angesprochen, obwohl ich die Zeitschrift demonstrativ vor meinem Tablett aufgeschlagen liegen hatte und so tat, als würde ich lesen. Ich meine nicht das Ansprechen, das hätte ich nie getan, nicht einmal in ihrem Alter, ich habe schon immer Wert darauf gelegt, meinen Wunsch nach Alleinsein so deutlich wie möglich zu signalisieren, mich vor Zudringlichkeit zu schützen. Vielleicht hat sie erkannt (woran?), daß auch ich hier, in diesem Land, in dieser Stadt, an dieser Universität, fremd bin, fremder als sie noch, die sich viel besser ausdrücken konnte als ich (ich fühle mich von der deutschen Sprache gefesselt, sie schien sich anmutig darin zu bewegen). Sie ist ein zutrauliches Wesen, ein merkwürdiges Wort, das man doch eher bei Tieren verwendet, aber es ist mir sofort eingefallen, nach den ersten paar Sätzen, die wir gewechselt haben. Was mich an mich selber erinnerte: diese nahezu naive Begeisterung für ihr Studienfach, eine Überzeugung davon, daß das, was sie hier tut, Sinn hat, dabei aber auch (die einzige sichtbare, dadurch um so auffälligere Schwäche) das Bedürfnis, in dieser Begeisterung gesehen, gelobt? zu werden (von Leuten wie mir, von Älteren, die in ihren Augen dort angekommen sind, wohin sie sich jetzt sehnlichst wünscht). Ich weiß nicht, wann ich angefangen habe, mich nahezu pausenlos zu schämen (für das, was ich bin, und mehr noch: nicht bin), ich bin mir sicher, daß ich in ihrem Alter (Anfang zwanzig? noch jünger? nein, das ist kaum möglich, sie sagte ja, sie sei schon seit zwei Jahren hier) bei dem Wort Scham nur verständnislos den Kopf geschüttelt hätte. Heute scheint das Gefühl mein ganzes Leben zu bestimmen, und ich kann mir nicht vorstellen, jemals davon frei zu werden. Sie ist eine, die tatsächlich (es kommt mir peinlich vor, diesen Ausdrück überhaupt hinzuschreiben, ich winde mich buchstäblich) an das Gute im Menschen (also auch in mir! ich glaube, es war diese Fraglosigkeit, die mich so erschüttert hat) glaubt. Im Lauf unseres Gesprächs habe ich vor meinem Zynismus, meiner Kälte gefröstelt, ich hoffte, sie würde es nicht bemerken, dabei bin ich sicher, daß sie nur das in mir gesehen hat, was sie sehen wollte. Reinheit! Sie wollte von mir wissen, woran ich arbeite. Der Ausdruck in ihren Augen: echtes Interesse, Ehrfurcht geradezu, ihre Wangen wurden rot, die Lippen öffneten sich leicht. Ihr Lächeln war klar wie Wasser. Ich glaube nicht, daß das eine Masche war, auf die ich hereingefallen bin (obwohl ich plötzlich verstanden habe, wie Männer in meinem Alter – meine Kollegen – sich fühlen, wenn eine junge Studentin an ihren Lippen hängt). Sie war von meiner Arbeit, nicht von meiner Person fasziniert, es geschieht so leicht, daß man diese Dinge verwechselt (vor allem uns Älteren, weil wir unserer Arbeit überdrüssig geworden sind), sie sah etwas darin, was ich schon seit Urzeiten nicht mehr sehen kann. Wie lange ist es eigentlich her, daß jemand mir wirklich zuhörte und nicht nur darauf wartete, daß er selbst an die Reihe kam. Meine Vorträge? Pflichterfüllung, damit ich zu Kongressen reisen kann, wo ich mich mit immer mehr Informationen und Meinungen vollstopfen lasse (und um meine »wissenschaftliche Biographie« aufzupeppen)? Die ständige Angst, ins Hintertreffen zu geraten, dabei könnte ich gar nicht mehr sagen, wozu das, was ich tue, eigentlich »gut sein soll«. Dieses Mäntelchen des Humanitären, das meiner Arbeit anhängt! Ehrlich gesagt bin ich ja immer weniger an den Menschen interessiert, die meine Arbeit doch betrifft, ist das Gefühl der Erleichterung immer größer, wenn ich mein Arbeitszimmer hinter mir schließen kann, mich der Routine hingeben kann, dem Abarbeiten des Bücherstapels, der Dokumentationsmappen, dem Notieren und Ordnen, Systematisieren. Die Langeweile (Arroganz?), mit der ich Einladungen zu Podiumsdiskussionen, zu Rundfunkdebatten, zu Beraterrunden annehme. Kein einziger neuer Gedanke, in den letzten (sieben? zehn?) Jahren nur ein unaufhörliches Wiederkäuen des Bewährten, schon einmal Abgesegneten. Überzeugungen ... ! Meine Hingabe ist aber doch einmal echt gewesen!? Diese Erregung bei der Vorstellung, etwas (zum Besseren!) verändern zu können. Jetzt kommt es mir vor, als würde ich denselben alten, stinkenden, grau gewordenen Brei ein ums andere Mal aufrühren. Ich will ja nur noch, daß mein eigenes Leben erträglich ist, ich denke mit einem Mal an Gehaltsgruppen, mache mir Sorgen über die günstigste Geldanlage (kontrolliere jetzt täglich den Aktienkurs)! Konkurriere mit meinen KollegInnen, bin neidisch auf gute Vorträge, vergleiche Veröffentlichungslisten ... (und gleich die Scham, diese kochend heiße, alles verschlingende Scham, dieser Lavastrom, der durch mich wälzt, nur selten unterbrochen, in Momenten der Gedankenlosigkeit). Die junge Frau (»Hanna«, sprach ich nach, sie verbesserte: »Hanka!«): Vielleicht habe ich unrecht, sie ist mir nicht ähnlich (vielleicht wünsche ich es nur). Sie studiert Ägyptologie (es ist ihre erste Woche), da gibt es nichts mehr zu verändern, nur zu erkennen, zu entdecken, zu verstehen. Sie war auch kindlich interessiert an dem Land, aus dem ich komme. Beiläufig habe ich vorgeschlagen, sie könnte mich ja einmal in Helsinki besuchen (aber diese Fieberhaftigkeit, mit der ich ihre Reaktion auf meinen Vorschlag beobachtete), am liebsten wäre ich gleich mit ihr zum nächsten Reisebüro gegangen und hätte einen Flug für uns beide gebucht (peinlich die Angst, sie könnte meine Gedanken lesen... !). Hätte man einen solchen Menschen um sich, würde man vielleicht noch einmal alles neu sehen lernen!? Ich möchte niemanden benutzen, das kann ich doch guten Gewissens behaupten!? Habe mir ein Tagebuch gekauft, dabei aufmerksam um mich blickend, als müßte ich fürchten, gesehen, ertappt zu werden, von meinen scharfzüngigen Kollegen, von P., der als mein ewiges schlechtes Gewissen (warum eigentlich? weil es mir trotz allem besser geht als ihm?) allgegenwärtig ist und der gleich wieder wittern würde, ich wolle ihm Konkurrenz machen (ich mußte mir vergegenwärtigen, daß er mich unmöglich sehen kann, daß er jetzt über zweitausend Kilometer von mir entfernt ist, wohl zerquält an seinem Schreibtisch in Helsinki sitzt, unermüdlich um sich selber kreisend...). Müde, unendlich müde ... Weiß nicht, ob ich jemals unfreier gewesen bin, aber dieses Wort, »Freiheit«, ist ja auch nur noch gut für einen Lacher. Wie zum

Teufel bin ich da gelandet, wo ich jetzt bin? Wie komme ich weg davon? (Ich meine nicht Berlin, ein jeder Ort ist so gut wie der andere.) Ich habe ihr meine Telefonnummer gegeben (ich habe sie um eine nebensächliche Information gebeten), sie hat versprochen, mich bald anzurufen … Jetzt warte ich … Merkwürdig, die Tatsache, daß ich warte, macht mich irgendwie froh. Als wäre die Sehnsucht das eigentlich Wichtige im Leben. Der Fluch auch, ja, freilich. Ich will ja nichts, was sollte ich wollen oder hoffen? (Ich verbiete mir dumme Gedanken – lächerlich!) Fast wünsche ich, sie würde nicht anrufen, ich könnte den Rest meines Lebens in diesem (süßen?) Warten verbringen.

Ich danke der Stiftung Preußische Seehandlung Berlin, dem Senat für Kultur Berlin und der Stadt Esslingen für die finanzielle Förderung meiner Arbeit.